# 당신의 웃음에 다시 한 걸음

지은이 정서연

# 당신의 웃음에 다시 한 걸음

**초판 1쇄 발행** 2022년 06월 17일

**지은이** 정서연
**펴낸이** 김동명
**펴낸곳** 도서출판 창조와 지식
**디자인** 주식회사 북모아
**인쇄처** 주식회사 북모아

**출판등록번호** 제2018-000027호
**주　소** 서울특별시 강북구 덕릉로 144
**전　화** 1644-1814
**팩　스** 02-2275-8577

**ISBN** 979-11-6003-460-8

**정　가** 15,000원

지식의 가치를 창조하는 도서출판 **창조와 지식**
www.mybookmake.com

# 당신의 웃음에 다시 한 걸음

정서연

주님 안에서 사유(思惟)하는 세상은 때로는 아름답고 때로는 무질서했다.

복음 사역을 하는 목회자이지만 그런 세상 안에서 하루하루를 살아내면서 꾸밈없는 감정 그대로를 스마트폰 메모장에 기록해두었다.

목회자이기 전 하나의 평범한 인간으로서 삶의 자리에서 마주하는 것들이 때로는 매우 아름답고 때로는 심히 슬프고 때로는 너무나 속상했기에 그 상황에 따라 시인(詩人)이 되기도 하고 정의감에 불타는 시민(市民)이 되기도 했다.

그렇게 여과 없이 나열했던 이야기들이 하나로 묶이게 되었다. 유독 부모님께 애착이 많았던 딸인지라 어머니를 그리는 글이 많은데 부모를 둔 자식은 모두 공유할 수 있는 감정이 아닐까 싶다. 나의 부족한 이 글이 누군가에게는 위로가 되고 누군가에게는 공감이 되고 누군가에게는 소망의 작은 씨앗이 되길 바란다.

　나의 미흡한 글들이 한 권의 책으로 옷을 입기까지 글 다듬기에 심혈을 기울여 준 막내아들에게 진심으로 고마움을 표하며.

2022년 6월

신흥목장에서 정서연 목사

당신의 웃음에 다시 한 걸음

며칠 전 저는 지인의 부탁으로 회덕동에 있는 멋진 전원주택을 한번 보기 위하여 갔었습니다. 그런데 아무리 찾아봐도 없는 거예요. 날은 덥고 그 멋진 전원주택을 찾느라 몇 바퀴 돌다 보니 온몸에선 땀이 흐르고 같이 간 애완견 카미도 더운지 힘들어하고... 그때 아담하고 아름답게 생긴 정원을 가진 이름 모를 전원주택 울타리에 탐스럽게 늘어진 보리수 열매가 가득한 가지가 눈에 들어왔습니다.

시골 태생이라 그런지 어릴 때는 못 느꼈던 채소, 유실수 그런 것들이 나이를 먹은 지금은 왜 그렇게 보기 좋고 대견스러운지. 그렇게 어린 시절의 추억을 회상하며 가까이 갔는데 보리수나무 담 밑으로 작은 메모가 붙어있었습니다.

*"조금은 따 드셔도 됩니다."*

무인카메라 대신 스쳐가는 사람들의 먹고 싶어할 마음까지 배려한 작은 한 줄의 메모가 주인에게 조금은 덜 미안하게 몇 알을 맛볼 수 있는 행복감을 안겨주었습니다. 누군진 모르지만 그 보리수나무의 주인장은 참 아름다운 분인 것 같습니다. 기회가 된다면 마음이 아름다운 그분에게 제가 가진 소중한 축복을 나누어 드리고 싶습니다.

잠시 그 길을 스치고 지나가는 길에 보리수 열매 몇 알로 행복했고 감사했습니다.~^^♡

2019년 6월 28일

우기라고 하더니 어느새 또 비가 그쳤네요. 이렇게 하루하루 변화무쌍(變化無雙)하고 알 수 없는 것이 인생인가 봅니다. 그래서 인생은 새옹지마(塞翁之馬)라고 하지요. 주님과 함께 그리고 주님 안에서 인생의 꽃밭을 가꾸는 그 정원 위에 축복의 단비가 내리는 7월이기를 간절히 소망합니다.

God Bless You.

2019년 7월 11일

어쩌다 한번씩 내리는 비로 인해 수액과 양분을 공급받은 목현동 실개천은 이름 모를 잡초들로 뒤덮였다. 지난해 도로 확장공사를 한다며 실개천 바닥을 중장비로 뒤집어 놓았는데 그것이 오히려 잡초들을 무성하게 자랄 수 있는 습기와 토질이 적당한 밭으로 만들어 주었기 때문이다. 그러기 전에는 두 갈래로 갈라진 물길이 있어 간간이 송사리들이 헤엄치며 바쁘게 왔다갔다 하는 모습도 볼 수 있었는데... 이젠 잡초로 우거져 그마저도 볼 수 없게 되었다. 언제 도로가 확장되고 인도가 만들어지고 실개천이 제모습을 찾을 수 있을런지... 이렇게 비 오는 날이면 그런 생각이 든다.

2019년 7월 24일

오늘도 어김없이 성전을 향해 길을 나선다. 집과 교회 간 거리는 도보로 약12~15분쯤 걸리는 거리다. 늘 그랬듯이 바쁘게 오가는 차량들로 인해 한쪽 길가로 내몰려서 흙먼지와 소음을 피해 실개천에 얼굴을 돌린 채 걷는다. 비가 오는 날이면 혹여 배려 없는 운전자가 차를 세게 몰아 흙탕물을 튀기지 않을까 곡예하듯 차도도 인도도 아닌 길을 걸어간다.

그렇게 걷다 보면 어느새 교회 앞에 다다른다. 가끔은 실개천으로 마른 목을 축이러 고라니 가족이 내려오곤 했는데 요즘은 통 보이질 않는다. 교회 문을 열고 들어서 불을 켜고 단상을 향해 걸어가 또 습관처럼 무릎을 꿇는다. 이젠 나이도 있고 편한 자세로 기도해야지 하면서도 오랜 습관이라 그게 잘 안 된다. 육안으로 뵐 수 없지만 분명 살아 역사하시는 절대자 하나님 앞에 조용히 무릎 꿇고 독대하는 시간은 가장 평안하고 겸손한 시간이자, 인간 본연의 순수한 모습을 찾아 나아가는 심연의 아름다운 믿음의 행위이며 거룩한 교감의 실루엣이다.

오~~주님!

가장 낮은 곳에서 오직 주님의 긍휼과 자비를 구하며 주님이 통치하시기를 바랍니다. 주님의 완전하신 공법과 정의로 이 땅을 회복시켜주시기를 간구하는 자들의 목소리에 귀 기울이시고 이 땅에 평화와 형통 그리고 사랑으로 채워 주시옵소서.

하늘과 땅의 모든 권세를 가지신 예수 이름으로 기도하옵나이다. 아멘!

2019년 7월 25일

오늘은 교회 여름수련회를 가는 날이다.

밤새도록 비가 쏟아져서 걱정했는데 아침이 되니 비가 그치고 미안한듯 수줍은듯 햇살이 슬며시 고개를 내민다. 항상 2박3일 일정으로 멀리 바닷가로 가곤 했는데 이번에는 당일치기로 다녀오기로 했다.

다들 같이 갔으면 좋았으련만 이런저런 사정으로 많이 못가서 아쉬웠다. 다음을 기약하며 아쉬운 마음을 접을 수 밖에...

오늘도 자연만물을 바라보며 창조주이신 하나님의 위대함과 섬세함을 마음껏 만끽하며 찬양할 수 있기를! 나아가 하나님의 가장 위대한 작품이 우리 인간이라는 사실을 다시 한 번 깨닫고 감사할 수 있기를!

하나님의 백성이요 자녀로서 다시 한번 긍지와 자부심을 가질 수 있기를!!!

2019년 8월 1일

날씨가 너무 덥다.

삼복중이니 당연히 그럴 수 밖에 없겠지만 더워도 너무 덥다. 집에서 나와 걷다 보면 늘 만나는 사람이 있다. 생계를 위해 폐지를 줍는 팔십 고령의 할아버지다. 추운 날이나 더운 날이나 변함없이 리어카를 끌고 동네를 돌아다니신다. 복음도 전하고 빵과 우유도 사드리고 가끔씩은 점심 사드시라고 조금의 용돈도 건넨다.

이생의 삶이 너무 고단한 할아버지에게 내세의 삶은 부디 평안한 삶이었으면 하는 간절한 바람이 할아버지를 볼 때마다 권면하게 된다. 그럼에도 언제나 할아버지는 자기 인생이 무한한 것처럼 여유를 부리신다. 참 안타깝다.

주님 저 영혼을 불쌍히 여기시고 깨닫는 지혜를 주시옵소서. 더 늦기 전에 주님 믿고 영생의 소망을 품게 하옵소서! 그리고 이 무더위를 견딜 수 있는 생기를 주시옵소서!

2019년 8월 6일

가을은 바람으로 와서 머물고 여름은 한낮의 뜨거운 햇살로 존재감을 드러낸다.

8월이다. 가을의 결실을 위해 마지막 땡볕을 이겨내며 준비해야 한다.

그래야 떠날 수 있다.

세상에 있는 그 모든 것들은 할 일이 남아서 이 땅에 아직 존재하는 것이다.

주님 앞에서 우리는 무엇이 남았는가.

2019년 8월 20일

한창 땡볕이 쏟아지던 오후, 나는 멋지고 고급진 양산을 하나 선물 받았다. 외국 어학연수를 가기 위해 알바로 돈을 모으고 있는 막내아들한테 받은 것이다.

　언제나 섬세하게 엄마를 생각하고 챙겨주는 막내아들의 속정과 정성이 가득 담긴 선물이었다. 그런데 주고 받는 과정에서 그만 작은 해프닝이 있었다.

　어느 날 아들 집에 가보니 문 앞에 작은 상자 하나가 놓여있었다. 자세히 보니 양산이 든 박스였다. 아들은 사전에 내게 양산을 선물한다고 말을 했고 "아 이거, 내 꺼인가보네~."하며 얼른 박스를 열어보니 역시나 아주 멋진 양산이 들어있었다. 기쁜 마음으로 박스와 함께 들고와 박스는 재활용하는 데 버리고 양산은 챙겼는데 저녁 때 퇴근하고 돌아온 아들이 양산 든 박스 못 봤냐고 묻는 것이었다. 그래서 내가 양산은 꺼내고 박스는 버렸다 하니까 엄청 섭섭한 표정을 하며 어떻게 말도 없이 가져갈 수 있느냐고 나무라는 것이었다.

　순간 나도 기분이 나빠져 그래 엄마는 너에게 계산할 수 없이 많이 주었는데 그거 하나 사줬다고 그렇게 생색을 내느냐고 조금 화를 냈다. 그러자 아들이 하는 말, "엄마 그게 아니구요, 선물 주는 사람의 기쁨도 있는 거잖아요. 엄마한테 직접 전해주면서 엄마가 기뻐하는 모습을 보고 싶었단 말예요."

아들의 그 한 마디에 아들의 마음을 미처 헤아리지 못했던 내 성급함이 미안하고 부끄럽기도 하고, 한편으로는 그렇게 마음을 담아 기쁨으로 엄마의 선물을 준비했던 그 마음이 또 하나의 선물로 내게 다가왔다.

그렇다. 선물은 기쁜 마음으로 주는 것이다. 우리도 주님께 받았던 헤아릴 수 없는 그 은혜를 생각하며 예배도 기도도 전도도 헌신, 봉사도 기쁨의 선물처럼 드리면 어떨까.

2019년 8월 27일

갱년기 증상으로 깊은 잠에 들지 못하고 뒤척인 지가 꽤나 오래됐다. 어젯밤에는 기도를 다녀와 병원에서 처방받은 수면을 돕는 약을 먹었는데 오늘까지도 온종일 비몽사몽이다. 예배도 드리러 가야 하는데 말이다.

창문을 열고 밖을 내다보니 제법 선선한 바람이 코끝으로 스며든다. 가을이다. 가을은 바람으로 와서 머물다 잎새를 떨구고 바람의 길로 사라져간다.

2019년 10월 9일

이제 서서히 겨울의 그림자가 다가오고 있다. 겨울이 오면 문득 어릴 적 기억이 아스라이 떠오를 때가 있다. 예전엔 다 그랬듯 아주 부잣집 말고는 초가지붕에 기억자(ㄱ)로 된 그러나 훤히 오픈되어 있는 집에서 살았다. 여름에는 그런대로 시원했지만 겨울에는 그야말로 황소바람이 창호지 홑겹문 사이를 매섭게 휘몰아쳐대며 동장군이 왔노라고 으름장을 놓곤 했었다.

그러던 어느 날 아침 외양간에다 어미 개가 새끼를 낳아 놓았다. 왜 하필 소 외양간에다 새끼를 낳아 놓았는지. 밤새 진통하며 애쓰고 낳아 놓은 새끼강아지들은 어미 젖 한 번 빨아보지 못한 채 동장군의 기세에 눌려 그대로 다 얼어 죽어버렸다. 어린 나는 그 강아지 새끼들이 너무나 불쌍해서 가만히 다가가 들여다보다가 기절할 만큼 놀라고 말았다. 왜냐하면 추위에 얼어 죽은 그 강아지들 눈이 새파랗게 변해 있었던 것이다.

그 기억은 오래도록 내 마음 속에 각인 되어 그 후론 동물을 별로 좋아하지 않게 되었다. 시간이 많이 흘러 어른이 됐고 어느 날 큰아이가 말티즈 한 마리를 분양받아 데려왔다. 한 달 밖에 안 된 귀여운 새끼 말티즈는 혼자 자지 않고 침대 주변을 맴돌며 매달리고 안아 달라고 떼를 쓰고 잠도 같이 자려고 했다. 그렇게 한 지붕을 공유하며 지낸 지가 어언 십여 년. 아들은 결혼해 분가해 나가고 우리 집 강아지 카미를 돌보는 건 내 차지가 되었다.

그렇게 같이 살다 보니 미운 정 고운 정 다 들어서 이제는 가족이 되었다. 카미를 키우면서 힘들고 귀찮을 때도 많았지만 이 아이는 나에게 생명의 소중함을 깨닫게 해주었다. 늘 가까이에서 소통하다 보니 몸짓 하나, 표정 하나 무얼 말하고자 하는지 알 수가 있다. 카미를 통해서 생명의 소중함을 깨달은 나는 작은 벌레 하나라도 함부로 헤치지 않고 살 수 있는 길을 열어주려 애쓰게 되었다.

　　오고 가는 길목에서 워낙 많은 차들이 다니다보니 때때로 거리의 개들이 사고로 생을 마감하는 슬픈 일들이 발생한다. 엊그제는 차에 치여 숨진 강아지 한 마리가 도로 옆 가에 누워 있는 것이 보이길래 다가가 만져보니 이미 숨이 끊어져 있었다. 목줄이 있는 걸 봐서는 주인이 있는 강아지인 거 같은데 주의하지 않고 사고 낸 운전자도, 애완견을 관리하지 않은 주인 되는 사람도 너무 무책임하다는 생각이 들면서 참 마음이 아프고 무거웠다.

　　생명은 귀한 것이다. 그가 누구이고 무엇이든 생명 자체로 귀하고 소중한 것이다.

2019년 10월 27일

어제 오늘 전도지를 인쇄하기 위해 광주와 성남지역을 두루 찾아다니다가 예전에 성남에서 목회할 때 거래했던 인쇄소를 겨우 찾아 8000장을 주문하고 돌아왔다.

가격도 만만치가 않았다. 교회 프린터로 출력해서 사용해도 되겠지만 컬러나 삽화의 질을 신경써야하기 때문에 많은 비용을 들여서라도 외부 업체에 맡길 수 밖에 없었다.

어떻게 하면 잠깐 스치듯 지나치는 사람들에게 생명의 가치와 영원을 제시할 수 있을까? 어떻게 하면 복음에 무관심한 사람들을 향해 실존하시는 하나님을 전하고 나아가 예수 그리스도의 십자가의 희생과 사랑을 전할 수 있을까?

무관심한 표정으로 바람처럼 스쳐가는 사람들에게 잠시라도 복음을 접할 수 있게 하고 사망에서 생명의 길로 돌이키게 하는 방법 중에 하나가 길에서 전도하고 전도지를 전해주는 것이기에(요즘 시대에 촌스러운 방법인진 모르나) 목회자의 한 사람으로서 전도를 멈출 수가 없는 것이다.

물론 이 지역의 수많은 전도 대상자를 위하여 날마다 기도도 한다. 전도지를 받으면 제발 그냥 버리지 말고 꼭 한 번쯤은 읽어봤으면 하고. 왜냐하면 자신의 인생의 시작과 과정 그리고 결말의 크고 놀라운 비밀을 알게 될 것이니 말이다.

하나님이 세상을 이처럼 사랑하사 독생자를 주셨으니 이는 저를 믿는 자마다 멸망치 않고 영생을 얻게 하려 하심이라 (요3:16)

2019년 10월 30일

성삼위일체(聖三位一體) 하나님께서 천지를 창조하시고 그 속에 가장 위대하고 귀한 존재로 인간을 만들어 놓으셨다. 하나님은 바로 온 인류의 생사화복을 주관하시는 주권자요, 경영자요, 공급자인 것이다. 따라서 그분의 주권과 통치를 인정하고 겸손히 그분의 뜻에 전적으로 순종하는 것이 믿음이다.

나더러 주여 주여 하는 자마다 다 천국에 들어갈 것이 아니라 다만 내 아버지의 뜻대로 하는 자라야 들어가리라(마7:21)고 하신 것처럼 우리 모두는 천국을 소망하며 신앙생활을 하고 있는 것이다. 그런데 주여, 주여 말로만 주를 찾는 자들이 있다. 내 필요를 위해서만 주를 찾는 것은 온전한 믿음이 아니다. 그것은 샤머니즘적인 잘못된 신앙이다. 먼저 하나님 나라와 의를 구하는 일에 동참해야 한다. 그리고 내 삶의 자리에서 하나님 목전의식(目前意識)을 가지고 크리스천으로서의 정체성을 가지고 살아가는 것이 진정한 믿음이다.

믿음의 결국은 영혼 구원을 받음이라(벧전1:9)고 분명히 말씀하고 있다. 오늘도 나의 삶이 주님 보시기에 합당한 삶, 부끄럽지 않은 삶이었다면 오늘 나는 믿음의 성공자요, 주님 안에 가장 행복한 자일 것이다.

2019년 11월 1일

가을이 익어간다.

나는 가을을 무척 좋아하기도 하지만 가을을 아파하기도 한다. 형형색색으로 절묘한 조화를 이루며 온 산을 물들이는 것을 보면 너무나 아름답다가도 가지 끝마다 하나님이 주신 자연의 생기를 조금씩 비워가는 나무들의 아픈 몸짓을 보고 있노라면 마음이 서글퍼진다.

다가올 설한을 이겨내고 얼어 죽지 않으려면 아름다운 채색으로 갈무리하며 하나둘 정들었던 잎새들을 떨구지 않으면 안 되는 것이다. 마치 성도가 희락과 평강만이 있는 천국을 소망하며 고난을 견디듯이 말이다. 그래서 가을은 아름답고도 아프다.

가지 끝마다 잎새를 매달고 그것을 떨구기까지 몸부림치는 나무의 모습이 처연하다. 그렇게 반복되는 과정을 여과 없이 받아들이고 순응하는 나무는 이제 어떤 변화에도 초연할 수 있는 거목이 되었으리라.

인생도 비움에 지혜가 있고 생기가 있다. 육의 것을 비우고 영의 것으로 채워야 한다. 한 번엔 힘들겠지만 가을나무가 한 잎 두 잎 가지 끝을 떨며 잎새를 비우듯이 힘들어도 세상 것을 비워내며 영토를 다져야 한다. 그래야 우리도 주님이 예비하신 새롭고 영원한 천국에 둥지를 틀 수 있을 테니까.

아멘! 주 예수여 오시옵소서!

2019년 11월 2일

이런 교회에서 신앙생활을 해야 합니다.

교회 규모가 작아도 성도 수가 많지 않아도 담임 목사님의 목회 마인드가 예배 중심, 말씀 중심, 기도 중심인 교회!

성삼위일체이신 하나님 즉, 성부, 성자, 성령을 증거하는 교회!

가감 없는 진리의 말씀만을 선포하고 가르치는 교회!

샤머니즘의 기복신앙이 아닌 어떠한 환경 가운데도 흔들리지 않는 십자가 신앙을 성도들에게 가르치고 진정한 복이 무엇인가를 바로 가르치는 교회!

이런 교회에서 신앙생활을 해야 알곡 성도가 되고 세상에 나가 빛과 소금의 역할을 감당할 수 있습니다. 그리고 예수그리스도를 온전히 따르는 크리스천이 될 수 있는 것입니다

이런 교회를 찾으십니까?

경기 광주시 목현동에 있는 순복음 신흥교회로 나오십시오!

2019년 11월 3일

이 지역으로 새로 이사 와서 길도 잘 모르고 친구도 없는 할머니는 매일 같이 소일거리 삼아 집주변 여기저기를 돌아다니고 계셨다. 가끔 졸졸 흐르는 실개천을 기웃거리며 들여다보기도 하시면서...

　실개천에는 가끔 청둥오리 가족이 옹기종기 모여 담소를 나누기도 하고 천적의 위험을 아는지 모르는지 송사리 떼가 유유히 헤엄쳐 다니기도 한다. 또 가끔은 목마른 고라니가 목을 축이러 내려오기 때문에 누군가는 가던 발걸음을 멈추고 실개천을 바라보곤 하는 것이다.

　할머니 역시도 배를 뒤집고 반짝이는 비늘을 보이며 노는 송사리 떼가 신기하고 대견해서 들여다보고 계신 것 같다. 그 할머니를 가끔 만날 때가 있다. 미소가 선한 할머니. 그 할머니에게 나는 어김없이 생명의 복음을 전한다. 예수그리스도가 누구인지, 왜 믿어야 하는지에 대해서.

　그러자 그 할머니는 이렇게 대답하셨다. 그렇지 않아도 뭘 믿어도 하나는 믿으려고 했다고. 뭘 믿어도 하나는 믿어야겠다고 생각하신 그 생각이 위험천만하다고 해야 하나 순수하다고 해야 하나. 어찌 됐든 뭘 믿어도 하나는 믿어야 하는 그것이 바로 예수라고 자세히 설명 드리고 주일을 약속했다.

　밥맛이 없어서 식사도 잘못하셔서 링거 하나 맞고 오는 길이라며 눈을 뿌려놓은 듯 하얀 머리를 쓸어 올리며 힘없이 웃는 모습에 가슴이 시려온다. 지금은 두 분 다 소천하셔서 곁에 없지만 유독 부모님에게 애착이 많았던 나는 그 할머니를 보면서 또 부모님 생각이 난다.

　자식 걱정 뒷바라지에 고운 손은 나무껍질같이 거칠어지고, 꼿꼿하던 허리도 어느새 세월의 흔적으로 기울어지고, 윤기 흐르던 검은 머릿결은 뿌연 안개처럼 색이 바래 갈대처럼 하얗게 피어 힘없이 흩날린다. 삶의 흔적이요 인생의 훈장이겠지만 그래도 힘들고 아팠던 기억들은 지울 수 없을 것이다.

이제는 마지막 소망을 두고 남은 인생 하나님의 위로와 사랑을 받다가 그 영혼 가벼운 깃털 같은 세마포 옷 차려입고 영원한 처소로 날아오르기를 기도한다. 또 한 영혼을 주께로 인도할 생각을 하니 벌써부터 설레고 기대가 차오른다.

내가 곧 길이요 진리요 생명이니 나로 말미암지 않고는 아무도 아버지께로 올 자가 없느니라 (요14:6)

2019년 11월6일

주님은 왜? 기다리고 또 기다리실까요?

왜 끊임없이 용서하고 또 용서하시면서 참아 주실까요?

왜 봐주시고 품어주시면서 하염없이 기다리실까요?

바로 주님의 자녀를 바로세워서 생명의 길로 인도하실 권한이 주님께만 있기 때문입니다.

세상 끝날까지 한 영혼이라도 더 구원하셔서 영원한 생명의 나라 천국으로 인도하시기 위해 오늘도 참고 용서하시고 기다리시는 것입니다.

하나님은 모든 사람이 구원을 받으며 진리를 아는데 이르기를 원하시느니라(딤전2:4)

이러한 주님의 간절한 뜻도 모르고 하나님께서 바른 생각과 판단으로 선한 뜻을 쫓아 살라고 주신 자유의지를 당신은 지금 잘못된 곳에 사용하고 있지는 않으신지요? 내일 내일 하면서 변명으로 시간을 낭비하고 있지는 않으신지요?

주님을 떠나 세상으로 멀리 나가면 돌아오는 길이 멀고 힘들어 못 돌아올지도 모릅니다. 주님과 더 멀어지기 전에 한 영혼이라도 더 구원합시다. 국적과 종족을 초월하고, 남녀노유를 무론하여 모든 사람이 구원을 받고 진리를 깨닫길 원하시는 주님 앞에 나오는 사람이 됩시다.

머뭇거리지 말고 지금 주님께로 나오시기 바랍니다. 그리할 때 당신은 인생의 성공자요, 진정한 행복자가 될 것입니다. God Bless You!

2019년 11월 7일

오늘은 참 행복한 날이다.

어제 저녁부터 컨디션이 안 좋아 금요예배 및 기도회를 가까스로 마치고 집에 와 잠자리에 들었는데 머리가 아파서 밤새도록 뒤척였다. 아침에 눈을 뜨니 도저히 어지럽고 두통이 심해 오전 11시가 다 되도록 누워 있다가 내일이 주일인데 이러면 안 되지 하며 주님께 힘주시라 기도하며 일어났다. 씻으려고 거울을 보니 입술의 위아래 양쪽으로 구내염이 생겨 말이 아니었다. 대충 화장을 하고 전도지를 들고 집을 나섰다.

전도할 수 있는 영혼들을 만나게 해주시라고 성령님께 계속 기도하면서 전도지를 집집마다 돌리고 다녔는데 정말 거짓말처럼 길에서 전도대상자를 만나 내일 오전 9시에 만나 함께 교회에 가기로 약속을 했다. 얼마나 기쁘고 주님께 감사하던지 아픈 것도 다 잊어버렸다.

그렇게 전도지를 다 돌리고 돌아오는 길, 몇 번 안 본 나에게 인심 좋게도 본인의 밭에서 수확한 탐스럽고 하얀 무를 작은 포대에 가득 담아 주셨던 분에게 고맙다는 인사도 할 겸 복음의 메시지도 전할 겸 박카스 한 박스를 사 그분을 만나러 갔다. 집도 모르고 연락할 전화번호도 모르지만 왠지 그 길가밭을 찾아가면 만날 수 있을 것 같았다.

그러면서 또 마음 속으로 기도한다. 성령님! 그 사람을 만나게 해주세요. 복음을 전하고 전도해야 합니다. 결코 가깝지 않은 거리지만 설레는 마음을 가득 안고 걷고 또 걸어갔다. 그런데 정말 기적같이 그분이 그 길가밭 옆 모퉁이에 쪼그리고 앉아 있는 것이었다. 나는 기쁜 마음으로 다가가 무를 주셔서 김치를 담가 나눠 먹었다고 정말 고마워서 음료수 한 박스 사왔다고 건네주며 자연스럽게 복음을 전했다. 그리고 내일은 추수감사절이니 와서 예배도 드리고 같이 맛있는 식사도 하자고 하니까 시청 공사하는 일을 하는데 낼 일이 없으면 꼭 가겠다고 하며 옛날 시골에 살 땐 교회를 다녔었노라고 했다. 내년에는 채소 같은 걸 많이 심어서 자기가 오토바이가 있으니까 뽑아서 교회까지 실어다 주겠다 하신다. 이렇게 고마울 데가! 이런 걸 보고 도랑치고 가재 잡는다고 하는 걸까?

사람도 얻고 교회서 필요한 것도 준다니 얼마나 감사한가! 난 그저 채소를 안 주어도 좋으니 교회 착실히 나와 하나님 잘 섬기고 세상에선 빛과 소금의 사명을 잘 감당하다 천국에 가서 영생을 누렸으면 하는 바람뿐이다

차별하지 않으시고 누구에게나 공기를 주시고 바람을 주시고 비를 주시고 햇볕을 주셔서 결실의 기쁨을 주시는 창조주요 공급자이신 하나님의 은혜에 누구나 감사하는 가을이 되었으면 좋겠다. 또한 모두에게 구원(영원한 생명)을 주시기 위해 이 땅에 오셔서 십자가에서 죽으신 그 대속의 은혜가 가슴 절절히 깨달아져 더욱더 감사가 넘치는 추수감사절이 되었으면 좋겠다.

오늘은 주님의 마음을 만분의 일이라도 헤아릴 수 있었고 한 영혼이 더욱 귀하게 느껴졌다. 힘들고 고독하지만 영광된 직분인 목사의 사명을 감당해 감사하다. 그래서 몸은 피곤해도 마음은 하늘을 날 수 있을 거 같다. 천하보다 한 영혼이 얼마나 귀한지, 전도해서 열매 맺는 기쁨이 얼마나 큰지 전도해보지 않은 사람은 결코 알 수 없을 것이다. 나는 오늘 주님 앞에서 참으로 행복하다.

2019년 11월 16일

벌써 내 나이가 60을 코앞에 두고 있다. 나이 육십을 공자는 이순(耳順)이라 했던가? 귀가 순해져 모든 말을 객관적으로 듣고 이해할 수 있는 경지에 이르는 나이가 이순이라 했던가!

　아마도 삶의 욕심을 비워내고 움켜쥐었던 것들을 풀어, 내려놓을 수 있는 마음의 여백이 커져 간다는 의미가 아닐까 싶다. 그럼에도 무언가에 대한 미완성의 그림으로 인한 조급함은 물리칠 수가 없으니 난 아직 진정한 이순에 이르지 못한 걸까? 이상하게도 나이테가 더해 갈수록 시간은 더 빨라지는 것 같다. 지천명(知天命)의 나이에 이르렀을 때는 그래도 시간과 마음의 여유가 있었던 거 같다. 알 듯 모를 듯 주님의 섭리도 깨달은 것 같고 웬만큼은 그분께 가까워진듯 싶었는데 이제 지천명을 넘어 이순에 이르러서는 왜 이리 아무것도 모르는 듯 멍하고 무엇에 쫓기듯 조바심이 나는 걸까.

　소명의식 때문일까? 이는 힘으로도 되지 아니하고 능으로도 되지 아니하고 오직 나의 신으로 되느니라(슥4:6)고 하심 같이 내 힘과 능으로 할 수 있는 것이 아무것도 없거늘 조바심 치는 것 또한 오만이 아닐까.

　어느 유명한 남자 원로배우는 크리스천으로서의 일생을 살아오면서 모았던 전 재산을 사회에 기부하고 마지막을 이렇게 멋지게 부탁했다.

　"참으로 후회 없는 삶을 살았노라. 내가 죽어 관 속에 들어갈 때 그 관 속에 성경책 한 권만 같이 넣어 달라."

목회자도 아닌데 마지막 순간까지 주님과 함께 하고자 하는 그 신앙이 참으로 아름답고 존경스럽다. 그래! 어렵고 힘들겠지만 조바심내지 말고 하루하루 후회 없이 살아가자. 삶에 너무 애착하지도 말고 움켜쥐지도 말고 지나가는 바람처럼 흘러가는 구름처럼 주님의 사랑과 능력만 의지하며 살아보자. 후회 없이 주님의 발자취를 따라가며!

2019년 11월 18일

밥은 위로다. 함께 나누는 사람의 슬픈 시선을 마주하며 공감할 수 있기에.

밥은 교감이다. 많은 것을 풀어낼 순 없지만 말 없는 목 넘김의 소리를 들을 수 있기에.

밥은 이유 없는 사랑이다. 짧은 시간 슬픔도 힘겨움도 눈빛으로 위로하고 귀로 들어주고 가슴으로 교감할 수 있기에.


나는 오늘 지천명의 길목에 있는 한 가장의 지친 어깨를 보았다. 두 어깨를 짓누르는 삶의 무게를 이기지 못해 휘청이는 누군가에게 밥을 사주었다.

그는 나에게 그런 얘기를 했다. 많은 고객을 대하다 보면 보이는 것이 전부인 사람과 보이는 것이 전부가 아닌 사람을 만나게 되는데 나는 보이는 그대로가 전부인 사람이라고.

자동차 딜러답게 사람을 잘 간파하는구나 싶었다. 그렇다. 나는 뭘 감추지 못하는 사람이다. 그래서 오지랖 넓은 베풂에 상처받을 때도 많았고 진심을 몰라줘 슬플 때도 많았다. 그래도 타고난 천성인 걸 어쩌랴.

그는 크리스천이라고 말했다. 그래서 나는 그에게 육신의 양식과 함께 영혼의 양식을 내었다. 하늘의 뜻을 안다는 지천명의 길목에서 왜 갈 길을 몰라 방황하는가? 주님이 계신데. 무에서 유를 창조하시고 없는 것을 있는 것 같이 불러내시고 죽은 자를 살리시는 유일신 하나님이 믿는 자의 공급자요 경영주이신데. 우리의 아버지가 되시는데 왜 당당하지 못하는가. 왜 늙고 힘없는 독수리처럼 어깻죽지를 늘어뜨리고 다니는가?

그런 그에게 영적 긴급 처방을 했다. 하나님의 말씀을 붙잡고 기도하며 그 말씀이 살아 역사하실 때까지 묵상하고 암송하라고!

두려워 말라 내가 너와 함께 함이니라. 놀라지 말라 나는 네 하나님이 됨이니라. 내가 너를 굳세게 하리라. 참으로 너를 도와주리라. 참으로 나의 의로운 오른손으로 너를 붙들리라(사41:10)

하나님은 어제나 오늘이나 영원토록 동일한 하나님이시다. 흘러간 역사 속에 계신 전설의 하나님도 아니고 먼 미래의 하나님도 아니다. 지금 이 시간 매순간마다 임재(臨在)하시고 운행하시는 실존(實存)의 하나님이다.

그가 그 위대하고 전지전능하신 하나님을 만나길 간절히 기도해본다. 그래서 매순간마다 하나님의 공급하심으로 생기와 힘을 얻고 삶의 자리에서 당당하고 힘차게 살아가기를! 야훼 닛시!

2019년 11월 20일

난생 처음 놀이기구를 타봤다. 그런데 그 놀이기구가 가장 강도 높고 무서운 놀이기구라고 하는데 고소공포증이 있는 나는 내심 불안하기도 했지만 할머니 두 분이 기구 쪽에서 내려 오시기에 "아, 저 분들도 타는데 훨씬 젊은 내가 겁먹어서야 되겠는가?!" 하고 내심 도전해보고 싶었다.

그래서 마음을 추스르고 그 기구를 탔는데 올라갈 때는 아무렇지 않았는데 절정에 다다른 직후 수 십 미터 아래로 초고속으로 내리꽂히는데 그야말로 심장이 종이 말리듯 쪼여왔다. "아! 오늘 이대로 나는 죽나보다. 어리석은 만용을 부렸구나."

그러다 "그래 이렇게 죽을 순 없지. 정신 바짝 차리고 끝까지 견뎌 보자." 놀이기구 타는 시간이 3분이라는데 서너 번씩 초고속으로 하강하는 그 순간이 내게는 한 시간처럼 느껴졌다. 나중에 알고 보니 그때 할머니 두 분은 포기하고 그냥 내려왔던 것이었다. 난 그것도 모르고 다 타고 내려오시는 것으로 착각하여 무모한 도전을 했던 것이다. 심장이 약한 사람은 심장마비 걸려 죽을지도 모른다는 생각을 했다. 아마도 난 공포스럽던 그 순간을 오래도록 기억할 것이고 웬만한 고난은 그 공포의 순간을 생각하며 능히 넘기지 않을까 싶다.

2019년 11월 30일

오늘은 참 많은 생각을 하게 하는 하루였다.

막내 아이를 인천공항까지 데려다주면서 돌아오는 길이 멀고 지루하게 느껴졌지만 초행길이라 길을 잘못 들어설까 긴장하며 왔더니 생각보다 빨리 도착한 것 같다.

부족한 나를 늘 붙잡아 주시고 이끌어 주시는 성령님의 살피심 덕이리라. 지난 토요일에 접촉사고가 있었다. 아이들이 저녁 모임이 있어 가는 길이었는데 좁은 골목길에 주차해있던 트럭 안의 운전자가 아이들의 차가 지나가는데 문을 열어 차 옆 부분에 스크래치를 낸 것이다.

차주(車主)되는 사람은 50대 정도라고 했는데 미안하다며 거듭 사과를 하고 보험 처리하면 여러 가지로 좋지 않으니 현금으로 처리하겠다며 견적을 받아서 연락하면 수리비를 주겠다 했다 한다.

그런데 수리비 견적을 받아 연락을 하니까 전화를 안 받는 것이었다. 그 사람 나름 바쁠 수도 있으니 해서 수일 거듭 전화를 했는데 그게 아니었다. 순간의 위기를 모면하기 위해 순진한 아이들을 따돌리고 시간을 벌기 위한 아주 비겁하고 비양심적인 술수였던 것이다. 보험 처리하지 말라 해놓고 보험회사에다 연락해서 자기가 그렇게 한 것이 아니라 아이들이 문 열어놓은 데를 지나가다 긁은 거라고 뒤집어씌운 것이다. 우리 막내는 어른이니까 책임지겠다 약속했던 그의 말을 액면 그대로 믿고 기다린 것이다. 그런데 그 사람에게 뒤통수를 맞은 것이다.

막내는 어젯밤 내내 억울함과 배신감에 밤새도록 잠 못 이루고 뒤척이다 오늘 낮 비행기로 일본으로 떠났다. 단기 보험을 들어 사용했지만 새로 구입한 지 2주 밖에 안 된 엄마 차를 그렇게 만들었다는 미안함과 그 사람에 대한 배신 때문에 저녁밥도 조금 밖에 못 먹고 아침도 거른 채 겨우 떠나기 전 빵 한 조각을 먹고 비행기에 올랐다.

　그 사람이 줬다는 명함을 보니 사고난 지점 주변의 공사장 어느 대표라고 쓰여 있었다. 그러고 싶었을까. 자식 같은 청년들 앞에서 순간의 위기를 모면하기 위해 조아리고 돈 몇십 만원에 양심을 팔고 싶었을까?

　나는 늘 내 자녀들을 이렇게 가르쳤다. 언제 어디서나 정직하고 성실하라고. 항상 하나님 목전의식(目前意識)을 가지고 부끄럽지 않게 삶을 살라고. 그렇게 사는 것이 인생의 참된 가치이고 사람답게 사는 거라고.

　일본으로 처음 유학길에 오를 때 비행기 좌석에 앉았는데 그 자리에 지갑이 놓여있더라나. 그래서 보니까 현금이 오십 만원 가량 들어있었는데 승무원을 불러 주인에게 돌려주라고 했단다. 그 얘기를 듣는데 당연한 일을 했지만 우리 아들이 자랑스러웠다. 곧은 길을 가기 위해 범사에 자신을 컨트롤하고 애쓰는 모습이 대견했기 때문이다. 그래서 그런지 어디를 가든 인정받고 사랑받는다. 그런 아이가 모범이 보여야 할 어른들에게 실망하고 받았을 상처가 비행기가 떠난 그 빈자리보다 더 허전하고 아프게 내 가슴을 헤집어놓는다.

2019년 12월 5일

주변에서 사람들이 과로로 쓰러졌다고 하면 잘 믿기지가 않았다. 사람이 얼마나 그 체력을 소진하면 패닉(Panic) 상태가 될 수 있을까? 그런데 내가 일 년 전에 두 달 사이에 연거푸 4번 정도 패닉이 왔다. 교회를 경기도 광주로 이사하면서 인테리어 작업을 하는데 내가 구상한 것을 인테리어 업자에게 주문하기 위해 약 두 달을 날마다 쫓아다니며 신경을 썼다.

적은 비용으로 필요한 시스템을 80평에 채워 넣어야 하니 보통 어려운 일이 아니었다. 더구나 약 20년 동안 공장으로 사용했던지라 건물 내부가 말이 아니었다. 수도 시설도 전기 시설도 많이 오래됐고 고장나 있었다. 그런 상황 속에서 힘들게 공사를 마치고 나니 천장에서 여기저기 비가 새 스트레스가 더해졌다. 거기다 성실하지 못한 인테리어 업자의 작업 태도도 나를 지치게 하는데 한몫했다. 겨우 모든 공사를 마치고 이주해서 예배를 드리고 새벽기도를 하던 이주 째 주일 아침 나는 쓰러졌다. 쓰러져 누웠을 때 난 주님께 기도했다. 죽을 때 죽더라도 예배만 인도하고 죽게 해주시라고. 그러나 난 죽지 않고 살아났다.

그날 이후 난 세 번을 더 쓰러졌다.

그 후로 집중해서 기도하기도 정말 힘들었고 조금만 피로하거나 신경을 쓰면 금방 몸이 신호를 보냈다. 그런 가운데서 평소에 조금씩 정리해 놓았던 원고를 한 권의 책으로 출간했다. "기도로 만들어가는 명품인생"이란 책이다. 목회를 시작하고 17년이란 적지 않은 세월을 앞만 보고 달려왔다. 그런데 어느 날 나에게도 체력과 정신을 소모하는 데 한계가 찾아온 것이다. 아직 갈 길이 먼데... 기도할 수 없을 땐 누워 "광야를 지나며"라는 복음성가를 듣고 또 들었다. 울기도 많이 울었다. 지금의 내 처지가 꼭 광야에 홀로 서 있는 그런 상황 같았기 때문이다.

그러던 어느 날 꿈속에서 주님을 만났다. 수많은 성도들이 밖으로 뛰쳐나와 주님이 오신다고 두 손을 들고 "주님!" 하며 큰 소리로 외치고 있었다. 그때 하늘 이 끝에서 저 끝까지 무지개가 뜨더니 잠시 뒤에 사라지고 하늘이 온통 헬라어로 가득해졌다. 그러더니 구름이 한곳으로 모이며 그 구름 속에서 희고 깨끗한 세마포 옷을 날개처럼 차려 입으신 주님이 두 팔을 벌리며 살짝 숙인 모습으로 내려오시는 것이 아닌가!

그러자 거기에 모인 헤아릴 수 없이 많은 사람들이 그야말로 열광하듯 주님을 애타게 부르고 있었다. 나도 그들 틈에 끼어 두 손을 들고 주님을 외쳤다. 혹시 주님이 날 외면하면 어떡하나? 이 많은 사람 중에 날 알아보실까? 걱정하며.

그 순간 주님은 그 수많은 사람 중에 날 알아보시고 내게로 오셔서 내 두 손을 꼭 잡아 주시는 것이었다. 깜짝 놀라서 깨보니 꿈이었다. 이렇게 선명하고 계시적인 꿈은 처음이었다.

그 후로 몸에 생기가 들어오며 조금씩 회복이 됐다. 주님 앞에 서는 그날까지 최선을 다하고 싶다. 맡겨진 사명을 끝까지 감당하고 싶다.

내게 능력 주시는 자 안에서 내가 모든 것을 할 수 있느니라(빌4:13)

2019년 12월 6일

어머니!

당신은 내 유년시절 온 세상보다 더 크고 든든한 꿈의 동산이었습니다. 앞뒤로 둘러싸인 산과 집 앞에 흐르는 실개천 그리고 어쩌다 한 번씩 흙먼지를 일으키며 버스가 지나가는 그런 풍경 속에서 자라면서도 행복했고 즐거웠습니다.

보배처럼 귀하고 귀해 아끼던 쌀은 여름내 품앗이꾼들의 식량으로 제공되고 우리는 수제비와 고구마, 감자, 옥수수를 쪄먹으며 지냈던 그 시절이 정말 그립습니다.

모두가 가난하던 그 시절에 우리는 그래도 끼니를 거르지는 않았습니다. 어느 유행가 가수가 보릿고개를 어찌나 실감나게 표현을 잘 했던지… 그 시절의 아픔을 겪었던 사람들은 그 노래를 들으며 지금은 모든 것이 얼마나 풍요로운지 실감하면서도 그 시절이 더 행복했다는 것만은 부인할 수 없을 겁니다.

그래도 우리는 어머니가 일찍 경제에 눈을 뜨셔서 이것저것 돈을 벌 수 있다면 자식들 위해 애쓰고 고생한 결과 산골에서 태어났어도 수산물과 여러 가지 접하기 힘든 것들을 많이 먹여주셨지요. 그러다 세상이 좋아지고 신문화가 들어오고 신도시가 생기면서 좋은 집도 많아지고 여유로워졌지만 어머니는 이 못난 딸자식 목회바라지 하시느라 그 좋은 집에서 살아보지도 못하고 어느 날 아무도 없는 곳에서 홀로 마지막을 맞으셨지요.

사역한다고 막내아들 학교 한 번 못 찾아가보고 고등학교 졸업식만큼은 함께 기념사진이라도 찍으려고 잠시 외출했는데 그 시간을 못 기다려 혼자 떠나셨습니다.

그날 이후 이 못난 딸자식은 부모에게 도리를 다 못했다는 자책감과 죄스러움에 참으로 힘든 날을 오랫동안 견뎌내야 했습니다.


어머니!

가슴으로 부르며 차마 겉으로 뱉어내지 못하는 아픔은 10년이 지난 지금도 가슴 한켠에서 시리도록 소용돌이칩니다.

어머니! 너무나 보고 싶고 그리워서 오늘 이 시간도 이렇게 혼자 숨죽여 불러봅니다. 저녁마다 새벽마다 저만치 뒷전에 앉아 뜨거운 눈물을 쏟아내며 중보하시던 어머니. 당신의 그 사랑이 그 눈물이 제 사역의 밑거름이 되어 지금까지 버텨왔습니다. 제가 마지막 주님 앞에 서는 그날까지 낙원에서 기도로 응원해 주셨으면 하는 바람이나, 그러나 이제는 다 내려놓으시고 고단했던 심신 편히 쉬십시오.

사랑합니다. 우리 어머니 홍 권사님!

2019년 12월 7일

이슬이 내린듯 촉촉히 젖은 길을 걷는다. 요 며칠 컨디션이 많이 안 좋아서 오늘은 병원에 들러 영양주사도 맞고 왔다. 웬만해선 약도 잘 안 먹는데 자꾸만 체력이 소진되는 것 같고 힘겨워 이래선 안 되겠다 싶어 나름 응급처방을 한 것이다.

교회로 가는 길목에서 할머니 한 분이 다리를 절뚝이며 걸어오시는데 마음 같아선 업어서라도 집까지 모셔다드리고 싶지만 마음뿐...

"할머니, 편의점 뒤에 의자 있으니까 앉아서 쉬었다 가세요."

"아유 고마워요. 허투루 보지 않고 이렇게 생각해줘서."

할머니의 대답이다.

또 어머니 생각이 난다. 돈 모아서 전동차 하나 사서 타고 다닐 거라며 어머니는 지인에게 말씀하셨단다. 그 얘기를 딸자식인 나에게 했더라면 그야말로 과부 달러라도 얻어서 사드렸을 텐데. 왜 자식한테는 한마디도 안 하셨는지.

다리를 절며 힘겹게 걸어가시는 저 할머니는 누구의 엄마런가? 전동차는 아니어도 몸을 의지해 밀고 다닐 수 있는 실버카라도 사드리지.

무슨 또 주제넘은 생각인가. 저도 못한 주제에. 회한과 안타까움에 시려오는 가슴을 여미며 교회에 도착했다.

2019년 12월 10일

나에겐 참 존경스럽고 대견한 믿음의 동기가 있다.

왜 이렇게 표현하느냐 하면 신학교를 같이 다녀 동기지만 동생 같은 분이기 때문이다. 신장이 안 좋아 늘 투석을 하면서도 언제나 한결같고 우직한 믿음으로 4년의 신학과정을 견뎌냈다. 그리고 예쁘고 참한 천사 같은 아내를 만나 결혼도 했다.

그들이 만난 비하인드 스토리야 아직 들어 보지 않아 잘 모르지만 목회자가 되어 지금까지 사명을 감당하기가 얼마나 힘들고 아팠겠는가?

굳이 얘기를 들어보지 않아도 충분히 알고도 남을 일이다. 목회사역도 버거울 텐데 자녀도 입양하여 사랑으로 보살피고 있다. 가끔 메신저를 통해 안부를 전해 듣고 있다. 아마 그 아이는 하나님의 사랑과 부모님의 사랑 속에서 건강하고 당당하게 행복하고 자존감 있는 어른으로 자랄 것이다. 왜냐하면 세상에서 참으로 아름다운 부모를 만났기 때문이다. 자주 만나지 않아도 그 가정은 참 행복할 것이며 웃음이 떠나지 않을 것이다.

그 두 분의 목회자와 함께 동역하는 성도들도 행복할 것이다. 왜냐하면 선한 목자를 만났으니까 말이다. 그들이 살아내는 삶의 흔적들은 은혜가 넘칠 것이다.

그 두 분을 생각하면 나도 모르게 입가에 미소가 번진다. 생각만 해도 대견하고 아름답다. 자주 만나진 못해도 내가 아끼는 좋은 사람들이다. 사람 냄새가 물씬난다.

2019년 12월 10일

오늘은 차 사고를 낸 사람과 만나기로 한 날이다. 급작스럽게 차문을 열어 개문사고(開門事故)를 내놓고 보험사엔 여러 번 말을 바꿨다. 당사자인 우리의 전화는 2주가 지나도록 안 받고 버티던 상대 차 주인을 오늘 경찰서에서 만나고 경찰들을 동행하여 사고 현장까지 검증했다.

정황이 뚜렷이 나오자 이번에도 또 처음처럼 보험회사 담당 직원들 붙들고 현금처리 하겠다고 협상을 벌였다는 거 같다. 상대는 약한 자에게 강하고 강한 자에게 약한 사람인 거 같다. 이렇게 인정할 거면 아이들에게 상처나 주지 말고 그때 해결하지. 나이든 어른으로서 이미지 실추하지 않고 말이다.

아무튼 상대가 더는 발뺌하지 않고 회피하지 않으리라 믿고 싶다. 일도 잘 해결되길 바란다. 사고 현장에 있던 아이들이(청년) 이구동성으로 하는 말이 큰경험했다며 이제 누구도 절대 믿어서는 안 된다는 것을 알았다고 하는 말이 마음에 걸리는 것은 같은 어른으로서 희망을 심어주지 못하고 불신을 심어준 데 대한 부끄러움과 책임 때문이리라. 누구든 잘못을 저지르면 그것이 고의든 실수이든 그 언행에 대해 책임질 줄 아는 어른이 될 때 장유유서(長幼有序)의 질서가 다시 회복되지 않을까.

90이 넘은 어르신이 어느 햄버거집에서 알바를 하시는데 10대 학생들이 바닥에 침을 뱉고 다리를 꼬고 앉아 무례히 행동했다. 그러자 어르신은 그들에게 다가가서 나무라지 않고 깍듯이 인사를 하고 바닥을 걸레로 닦으니 그 아이들이 자세를 고쳐 앉고 다시는 그런 행동을 하지 않더라는 얘기를 들었다.

　　무언의 행동이지만 어떻게 하는 것이 더불어 살아가는 데 있어서 필요한 행동이요 규범인지를 그 아이들에게 큰 교훈으로 전해주신 그 어르신이 존경스럽고 참 어른의 모습이란 생각이 들었다.

　　일상의 자리에서 작은 거 하나부터 어른답게 사는 것. 그것이 젊은 세대에게 보여줄 수 있는 최고의 교육이 아닐까?

2019년 12월 13일

지극히 높은 곳에서는 하나님께 영광이요 땅에서는 하나님께 기뻐하심을 입은 사람 중에 평화인 날이 성탄절이다. 그래서 가장 기쁘고 아름다운 날이 성탄절이다.

그러나 얼마나 많은 날을 고심하셨을까?

어떻게 해야 물인지 불인지 분간 못하고 달려가는 수많은 인생들을 돌이킬 수 있을까? 어떻게 해야만이 사단 마귀의 사망 권세에서 놓임 받게 하고 생명의 길로 나아오게 할 수 있을까? 고심하고 또 고심하며 내린 아픈 결단이 성육신(聖肉身)하여 이 땅에 오신 성탄절이라는 것을 누군들 생각이나 했으련만.

우린 그저 기쁘다는 표현으로 이 성탄을 맞는 단순한 마음가를 한 발자욱도 넘지 못한다. 그런 우리가 지고지순(至高至純)한 하나님 아버지의 마음을 어찌 헤아릴 수 있으랴? 그래서 성탄절은 아름답고 아버지의 마음을 들여다보면 너무 아파서 성탄은 처연하도록 아름답다.

그 아름다움이 가난하고 병들고 소외된 곳에 하얀 눈 되어 꽃잎처럼 흐드러지게 이 밤 쏟아져 내렸으면 좋겠다.

성탄절이니까 메리크리스마스!

2019년 12월 25일

처음엔 두렵고 무서워서 주님께 다가갔다. 시간이 얼마큼 지난 뒤에는 사명 때문에 무릎을 꿇었다. 그리고 지금은 주님을 사랑해서 주님의 손을 놓지 못한다. 그 사랑은 주님의 손과 발 되어 주님의 뜻을 드러내는 아름다운 도구 되어 영원히 빛을 발할 것이다.

2019년 12월 26일

사랑과 자비의 주님!

지금 온 세상은 코로나 바이러스로 인해 큰 위기 가운데 놓여있습니다. 중국 우한에서는 하루에도 수십 명씩 코로나로 인해 목숨을 잃어가고 있고 그 공포는 전세계로 확산되고 있습니다.

참새 한 마리도 하나님의 허락 없이는 안 떨어진다고 했는데 어찌하여 이 같은 무서운 전염병이 온 세상에 창궐하여 천하보다 귀한 생명을 앗아가고 있는 것일까요?

엎드려 회개하고 자복하오니 저희들의 모든 죄와 허물을 용서하시고 이제 그만 진노의 잔을 거두소서. 의의 오른손 높이 드셔서 선포하고 명령하셔서 이 더럽고 악한 전염병 코로나를 다 거두어 저 태평양 깊은 바다에 던져 버리시옵소서!

사랑과 긍휼의 주님!

국적과 종족을 초월하여 행여 당신을 믿지 않는 자들일지라도 인간은 모두 하나님께 지음 받았음을 부인할 수 없습니다.

자기 자녀가 아무리 못나고 부족할지라도, 아무리 악하고 방탕할지라도 육신의 부모도 그 자녀를 버리지 못하지 않습니까. 죽기까지 우리를 사랑하신 그 크신 긍휼과 은혜를 다시 한번 베풀어 주셔서 당신의 자녀들을 거두어 주시고 지켜주시옵소서!

지금 우리 대한민국은 정치, 경제, 사회적으로 큰 혼란과 위기를 맞고 있습니다. 설상가상으로 전염병까지 창궐하여 그렇지 않아도 춥고 좁아드는 이 겨울이 더 추워지며 몸과 마음은 점점 더 작아지고 있습니다.

사랑의 주님!
인간의 모든 생사화복을 주관하시고 인류 역사를 이끌어가시는 만군의 주 야훼여! 반드시 온 세계와 이 나라를 온전히 회복시켜주실 줄 믿습니다. 지켜주실 줄 믿습니다.

하늘과 땅의 모든 권세를 갖고 계신 예수님의 이름으로 간절히 기도 드립니다. 아멘!

2020년 2월 6일

비가 내린다.

절기상으로는 입춘이 지났으니 봄비겠지만 아직 겨울의 그림자가 무거운데 비가 내린다.

벌써부터 자연의 섭리는 봄을 준비 하나 보다. 겨울의 깊은 잠을 깨우고 생명을 잉태하려는 기지개를 켠다.

그래서 봄비는 소리 없이 스멀스멀 내리며 겨울을 향해 뒷발질을 해대는 것이다. 그런데 아직 춥다. 몸도 마음도.

코로나라는 바이러스는 그런 사람들의 마음을 더욱 위축시킨다. 때 이른 이 봄비가 어느 날 예고 없는 강도 같이 찾아와 더러운 코로나를 씻어가 버렸으면 좋겠다. 공기 속에 숨어서 기생하는 악한 바이러스를 깨끗이 남김없이 씻어가 버렸으면 좋겠다.

비가 내린다.

자연의 대지뿐 아니라 사람들의 모든 삶의 자리와 마음자리에도 생명의 생기를 잉태시키는 단비가 되기를.

2020년 2월 12일

카미는 오늘도 이불 속에서 코와 입만 내놓고 내 일거수일투족을 체크한다. 하루종일 나와 유일하게 교감하는 친구이다. 그런데 자기 의사 표시를 짖는 것으로 표현할 땐 참 난감할 때가 많다. 왜냐하면 다세대 주택에 살다보니 이웃들에게 폐를 끼칠까 신경이 쓰이기 때문이다.

그래도 한 가지 착한 것도 있다. 아침마다 런닝머신을 타는데 "운동하고 올게. 조용히 기다리고 있어!" 하면 운동이 다 끝날 때까지 움직이지도 않고 기다린다.

그런 카미가 뒷다리 슬개골이 약해서 수술을 해줘야 한다. 일 년을 두고 모아서 수술비를 마련하고 예약했는데 아프지 않을까 걱정이다.

애완견을 책임지고 잘 키울 수 있도록 동물병원 치료비도 많은 정책적인 변화가 있어야 한다. 잘 키우고 싶어도 질병에 걸리면 치료비를 감당 못 해 유기하는 사람들도 혹여 있을지도 모를 일이기 때문이다.


봄이 오고 있다.

만물이 생동(生動)하는 이 계절에 사람도 동물도 자연의 모든 것들도 한껏 기지개를 켜고 힘있게 일어나기를 기도해본다.

2020년 2월 13일

눈이 온다. 겨울에 들고 나서 이렇게 풍성하게 내리는 눈은 처음인 것 같다. 야트막한 산자락에 가지가지마다 눈꽃이 피었다.

운치가 있다. 참 예쁘다.

삶에 겨워 동심의 설렘을 잃어버린 지 오래지만 스멀스멀 그 설레는 감정이 연기처럼 올라온다. 한 번쯤은 창조주가 선물로 주신 자연의 아름다운 풍경을 가슴에 마음껏 담아보는 것도 괜찮지 않을까.

주님이 주신 세상은 원래 아름다운 거니까.

2020년 2월 16일

오늘은 이렇게 하루를 보냈다. 오전엔 사업장 예배드리고 점심을 먹었다. 조카가 카페 가서 맛있는 커피 한잔 하자고 제안했지만 다 뿌리치고 오후 내내 설교 준비를 했다. 내일 모레부터 손녀딸을 삼일 정도 돌봐줘야 하기 때문이다.

　코로나 바이러스로 어린이집이 휴원하기 때문에 워킹맘인 딸을 위해 힘들지만 봐줘야 한다.

　그렇게 설교 준비를 끝내고 가볍게 저녁식사를 하고 기도하러 교회로 고고(Go Go)!

　언제나 그 자리에서 이 부족한 종을 기다려 주시는 주님이 계시기에 나는 가야 한다. 이것 저것 속내도 풀어놓고 감사와 간구로 필요를 요청하기도 해야 하니 가야 한다. 이 귀한 시간은 세상 그 무엇과도 바꿀 수 없는 가장 소중하고 행복한 시간이다.

　깊은 어둠의 터널을 지나고 있는 지금 절대 주권자이신 하나님이 함께 계신다. 그분과 마음과 영으로 교감하며 위로받고 소망을 얻을 수 있는 이 귀한 특권을 세상 무엇으로 대신할 수 있을까?

　목이 터져라 나라를 위해, 주님이 세우신 몸된 전과 종들을 위해, 성도들을 위해 그리고 자녀를 위해 부르짖어 기도하고 돌아오는 마음에 오늘도 어김없이 주님은 소망으로 채워주신다.


　이제 곧 더럽고 악한 바이러스 코로나는 이 땅에서 자취를 감추게 될 것이다. 우리 주님이 성령의 바람으로 날려버리실 테니까! 엘 샤다이(El Shaddai) 능력의 하나님!!!

2020년 2월 24일

오늘은 꼭 필요한 선물을 누군가로부터 받았다. 우리 막내가 일본으로 유학을 간 뒤부터는 함께 마트에 가지 못해 생활용품 구입을 이래저래 미루다 보니 티슈도 세제도 거의 다 떨어져가고 있었다.

　물론 동네 마트에서 사면 되겠지만 바람도 쐴 겸 대형마트인 트레이더스를 이용하다 보니 쉽게 가지지가 않았던 것이다. 그런데 택배 배송이 있다고 문자가 왔다.

　나는 주문한 것이 없는데? 이상해서 택배기사님에게 택배 물건이 무엇이냐고 물었더니 그 양반도 잘 모른다나. 드디어 택배 물건이 와서 뜯어 보니 사각 티슈와 액체 세제였다. 그것도 한 박스 씩이나!

　그래서 얼핏 생각하기를 딸내미가 며칠 와 있다 떨어진 것 보고 시켜줬나? 싶었는데 아니었다. 누군가(누구인지 알고 있지만) 어떻게 그렇게 꼭 필요한 것을 사서 보냈는지 참 고맙고 신기했다. 아마도 성령님의 오더를 받았으리라.

　기꺼이 주님의 손과 마음의 통로가 되어준 그 아름다운 사람에게 고맙다. 또 내 필요를 가장 잘 아시고 보내주신 주님께 정말 감사하다. 내 잔이 넘치나이다. 주님!

2020년 2월 25일

아침부터 비가 온다.

빗소리가 제법 크게 들리는 것 보니 꽤 많은 양의 비가 내리나 보다. 빗소리를 들으며 나는 또 습관처럼 주문처럼 마음속에서 기원을 한다.

부디 이 봄비가 공기 중에 떠도는 저 악하고 더러운 바이러스 코로나를 깨끗이 씻어가기를...

전염병이란 이름으로 다가와 분열과 경계를 조장하는 악한 세력의 음모와 모사가 산산이 부서지기를...

그리고, 거룩하고 깨끗하고 의롭고 정결한 문화가 편만해지기를..!

2020년 2월 26일

성경 출애굽기에 보면 하나님이 이스라엘 민족을 애굽에서 이끌어내실 때 열 가지 재앙으로 애굽을 징계하시고 이스라엘 민족은 마침내 광야로의 자유를 만끽한다. 천지만물을 지으시고 주관하시는 하나님 앞에서 지금의 상황을 그저 자연적인 발생이라고 보아야만 하는 지 우린 깊이 생각해 보아야 한다.

며칠 전 보니 전도용으로 구비해 둔 마스크가 약 150여장이 남았길래 전도지와 함께 포장해서 사람들에게 나눠주었다. 어떤 사람은 더 달라고 하는 사람이 있는가 하면 하나라도 감사하다며 받는 사람, 경계하는 눈빛으로 무시하고 지나가는 사람.

하루 속히 코로나 바이러스가 이 땅에서 사라지고 천하보다 귀한 생명들이 고통받는 일이 없어지기를 간절히 간구하고 또 간구한다.

사랑과 자비가 한없는 만군의 주 야훼 하나님!

이제 그만 진노의 잔을 거두시고 의의 오른손 높이 드셔서 용서를, 회복을, 생명을 선포하소서. 그리하여 이 땅 가득 평화와 형통이 넘치게 하옵소서.

2020년 3월 7일

모처럼 볼일이 있어 차를 타고 성남으로 분당으로 한 바퀴 돌아 광주로 오는 길에 주변을 둘러보니 봄꽃이 만개했다. 산에는 진달래 가로수 길을 수놓은 노란 개나리, 화사하게 만개한 하얀 목련, 그리고 벚꽃까지.

창조주의 섭리 가운데 한치의 오차도 없이 피어 한껏 아름다움과 함께 자존감을 드러내는 저 꽃들을 보고 있자니 눈보라 치던 겨울도 지났는데 그놈의 코로나인지 뭔지 하는 역병에 기가 눌려 벌벌 떨며 움츠리고 있는 우리의 모습이 어찌 그리 가련하고 무력해 보이는지...

자연 만물의 봄은 무르익어 가는데 정녕 우리의 봄은 언제 올런지. 우리의 마음 속은 아직도 한 겨울이다.

코로나 역병이 하루 속히 이 세계 속에서 자취를 감추기를. 하루 속히 우리 인생의 봄이 만개하기를.

2020년 3월 28일

운명의 시간은 점점 다가오고 아직도 상황 파악을 못 한 제자들은 저마다의 헛된 소망을 꿈꾸며 누구도 당신의 마음을 헤아려주지 못했지요. 사랑이라는 그 참혹하고도 아름다운 생명을 부활시키고자 마지막 채비를 서두르시며 하늘을 향해 부르짖는 애끓는 간구는 핏방울이 되어 흘러내렸습니다.

한 점 흠도 점도 없이 고결하고 거룩한 당신의 성체(聖體)에 거침없이 오랏줄을 던지던 로마 병정 유대 병정들... 그들의 영혼은 지금 어느 땅 깊은 음부에서 가슴 치며 후회하고 있을까요?

죽는 데까지라도 함께 가겠다던 베드로의 호기 있던 맹세는 주님을 모른다는 세 번의 부인으로 연기처럼 사라지고 그런 베드로를 바라보시는 주님의 마음은 연약한 인간에 대한 연민으로 쓰라렸지요.

패역하고 무지한 자들이 성자 하나님이신 당신에게 신성모독죄를 뒤집어씌우며 가했던 채찍질의 고통보다 그들의 영혼이 더 걱정되어 당신의 눈에선 하염없이 뜨거운 눈물이 흘러내렸습니다. 아마도 골고다 언덕엔 당신의 등과 허리에서 흐른 피보다 마음에서 흐르던 눈물 자국이 더 선명하게 남아있을 것입니다.

작열하는 태양 아래 장장 여섯 시간이나 십자가에 매달려서 어리석고 무지한 인간들을 위해 용서를 호소하셨던 당신. 십자가 위에서 몸도 마음도 다 쏟아내셨던 당신의 희생과 그 사랑을 어찌 잊을 수가 있겠습니까? 우린 지금 그날을 회상하며 고난주간이라는 이름으로 맞이하고 있지만 그 형언할 수 없는 사랑과 희생을 만분의 일도 도저히 헤아릴 수 없습니다.

주님! 지금 세상은 코로나 바이러스로 인해 두려움과 불안에 휩싸여 일상의 모든 것이 마비되어 가고 있습니다. 그리고 그 책임의 여파가 교회로 몰려오고 있습니다. 이 고난주간에 다시 한번 모든 교회가 교회의 본질과 사명에 대해 깊이 생각하고 하나님을 하나님 되게 하고 교회다운 교회 성도다운 성도가 되게 하여 주시옵소서.

십자가의 죽음 뒤에 부활의 역사, 생명의 역사가 일어난 것처럼 온 세상에 이 역병의 고난이 지나가게 하시고 모든 것이 다시 살아나는 생명의 역사가 일어나게 하옵소서!!!

2020년 4월 7일

집 앞 길가에 벚꽃이 흐드러지게 피었다. 너무 아름다워 처연하기까지 하다.
꽃잎이 떨어질까 슬픈 것이 아니라 너무 아름다워 슬프다.

나는 벚꽃에 대한 잊을 수 없는 추억이 있다. 지금은 안 계시지만 옛날 우리 어머니 젊었을 시절 유난히 부지런하고 씩씩했던 어머니는 날쌘돌이처럼 나무를 잘 타셨다.

일본에서 버찌씨를 수입해 간다 해서 어머니는 큰 함지박을 가지고 버찌씨를 따러 다니셨는데 어린 나도 자주 따라 다녔던 기억이 난다. 돈이 되는 거라면 무엇이든 가리지 않고 억척을 부리셨는데 지금이야 발달된 기술로 하우스 작업을 해서 이모작, 삼모작도 가능하지만 그 때만 해도 봄부터 가을까지 농사를 지으면 겨울 한철은 내내 쉬어야 했다.

식구들 밥해 먹여야 하니 일 년 내 농사지을 동안 먹고 살아야 할 곡식들을 내다 팔면 안 되니까 부수입이라고는 없는 시골에서 돈 되는 일이라면 어머니는 무엇이든 하셨던 것이다.

봄철이면 나물, 여름이면 버섯, 가을이면 농사지은 알곡과 푸성귀들 가지고 오일장으로 달려가시던 어머니의 그 고단했던 삶이 새삼 가슴 시리도록 떠오르는 지금, 눈앞에 보이는 하얀 구름인 양 뭉게뭉게 피어난 저 벚꽃은 나에겐 차라리 형언할 수 없는 슬픔이어라.

내 어머니 생애에 함께했던 그 날들은 가고 내 어머니도 가시고 없는 지금 때마다 잊지 않고 피어나는 저 벚꽃은 너무 아름답지만 슬퍼 나를 아프게 한다.

그리운 내 어머니! 저 벚꽃 속에 가리어진 어머니의 미소를 보는 듯 당신이 너무나 그립습니다.

2020년 4월 8일

오늘 나는 낮에 어머니 산소를 다녀왔다. 며칠 전부터 문득문득 어머니가 보고 싶고 그리움이 밀려와 고향집에 계신 듯 착각하며 이내 차를 달려 익숙한 고향마을을 돌아 산자락 아래턱에 차를 세우고 산 언덕배기를 올랐다.

얼굴을 스쳐가는 바람은 아직도 거짓말처럼 겨울의 냄새를 풍기듯 스산했지만 등뒤로 쏟아지는 햇살은 제법 따가웠다. 늘 그렇듯 모노드라마를 연기하는 배우처럼 혼잣말로 중얼거리고 연신 어머니를 향해 쏟아내지만 대답 대신 바람소리 만이 윙윙거리며 맴돈다.

십 년이란 세월이 훌쩍 지나갔지만 어제인듯 어머니의 목소리가 들리고 웃는 모습이 보이는듯 한데, 조상님들이 삶의 흔적으로 잠든 묘역 주변으로 현대식 주택과 건물들이 빼곡히 들어서 있어 순간순간 먼 과거 속에서 튀어나온 것처럼 격세지감(隔世之感)을 느낀다.

이맘때쯤이면 진달래꽃을 따먹으며 친구들과 산자락을 맴돌며 놀던 때가 엊그제 같은데 지천명(知天命) 고개를 넘어 한숨 돌리는 이순(耳順)에 이르고 보니 모든 것이 덧없다.

이런저런 기억을 더듬으며 잠시 추억에 잠겨 앉아 있는데 시간이 재촉한다. 마른 꽃 한 다발 꽂아놓고 못다한 얘기들을 또 한 자락 가슴에 묻으며 일어선다.

그 치열하고 고단했던 우리 어머니의 삶 그래도 가끔은 행복하기도 하셨으려나.

영혼은 하늘을 날아 낙원에 입성하셨겠지만 형체는 한 줌 흙이 되어 또 다른 생명체를 품는 지축이 되시리라.

어머니! 내 어머니!

하루하루 바쁘게 살아내다 문득 가슴이 시려오면 다시 또 어머니의 흔적을 찾아 이곳으로 달려오렵니다. 사랑합니다. 내 어머니~!

2020년 4월 15일

태초에 말씀이 계시니라 이 말씀이 하나님과 함께 계셨으니 이 말씀은 곧 하나님이시니라 그가 태초에 하나님과 함께 계셨고 모든 만물이 그로 말미암아 지은 바 되었으니 지은 것이 하나도 그가 없이는 된 것이 없느니라(요1:1-3)

실개천을 돌아 산책하는 길에 우거진 수풀 사이로 고라니 새끼가 인기척에 놀라 후다닥 뛰어간다. 가늘고 긴 다리로 어쩌면 저리 뜀박질을 잘하는지 산등성이를 넘어 어디론가 자취를 감추었다. 그 모습이 신기하기도 하고 기특하기도 하고 그저 살아줘서, 야생으로 남아줘서 대견하다.

길섶에 나 있는 이름 모를 자연 생물들이 하나같이 예쁘고 대견하다. 어찌하든지 살아 자존감을 드러내는 것이 창조주의 섭리에 보답하는 게 아니겠는가. 이름이 다르고 모양도 다르고 색깔마저 달라도 창조물 중에 하나이니 얼마나 귀한 것들 아닌가. 자연을 아끼고 사랑하는 사람들은 마음이 왠지 참 지순할 것 같다. 그런 모든 사람들이 창조주 하나님을 알고 섬긴다면 세상이 얼마나 맑고 순해지겠는가.

오묘하고 신묘막측(神妙莫測)한 창조의 섭리를 발견하여 창조주 하나님을 송축할 수 있다면 이 세상이 얼마나 평안하고 살만한 자리가 되겠는가.

　　오고 가는 길목에 선거 안내 현수막들이 바람에 펄럭인다. 열 길 물속은 알아도 한 길 사람 속은 모른다 했던가. 내일은 선거일이다. 이번 선거는 반드시 주님께서 철저하게 주관하셔서 개인의 안위나 부귀영화를 꿈꾸는 자들이 아닌 청렴결백하고 나라와 국민을 먼저 생각하고 충성하는 지도자들이 선출되기를 바라는 마음이 간절하다.

　　사납고 악한 코로나 바이러스의 기세가 하루 속히 꺾이고 세상 상황도 안정되고 공기도 신선해져 마음 놓고 숨쉬며 사는 세상이 도래하기를 간절히 기원한다.


　　예수 그리스도가 없이는 하나도 된 것이 없는 것처럼 예수 그리스도 안에서 모든 것이 완벽하게 회복되는 그 날까지. 주여! 인도하소서!!!

2020년 4월 15일-2

우리의 마음의 귀가 열려 있다면 참 들을 소리들이 많다. 누군가의 살아온 이야기들, 살아가는 동안 언어와 행동으로 보여주어야만 하는 것들.

김창옥 강사는 그런 얘기를 했다. 물질하는 사람이 되어 깊은 바다 속을 들어갈 때 숨을 참아야 하고, 그 숨을 잘 참아야 바닷속 귀한 해산물을 딸 수 있듯이 사람의 마음을 얻으려면 숨을 참아야 한다고.

더 깊이 사람 마음을 얻으려면 더 많이 숨을 잘 참아야 한다고. 참으로 마음에 와닿는 귀한 이야기이고 자신이 체험한 삶의 이야기이기에 더 진솔하게 마음을 울리는 것 같다.

나는 오늘 설교시간에 이런 메시지를 전했다. 믿는 자의 의지는 천국을 여는 보안카드이다. 하나님께로부터 주어진 자유의지를 어떻게 사용할 것인가? 한 날 한 날 주어지는 그 귀한 시간을 살아감에 있어 나에게 주어진 의지를 어떻게, 무엇을 위해 사용할 것인가?

내 의지 안에 천국도 있고 지옥도 있다. 내가 내 의지를 어떻게 사용하느냐에 따라 내 의지는 천국을 여는 보안카드가 될 수 있고 반대로 지옥으로 안내할 수도 있다.

의지를 잘못 사용한 가인의 결말은 비극이었지만 의지를 잘 사용함으로 온 인류의 멸망 가운데서 하나님의 선택을 받은 노아가 있는 것처럼.

믿는 자들은 이제 의지를 잘 사용하여 세상의 의의 병기로서 활약할 수 있어야 한다.

2020년 4월 20일

세상 시름 자식 걱정 다 내려놓고
날개옷 차려입고 하늘로 오르시던 그 날

목이 터져라 소리라도 쳐볼걸.
가슴이나 후련하게 통곡이라도 해볼걸.

아무도 모르게 혼자 이별을 준비하시고
홀연히 떠난 어머니 당신 때문에 이 자식은
오늘도 아픈 기억을 떨쳐버리지 못하고
가슴으로 울며 당신을 그립니다.

당신이 누워계신 머리 위로 하늘이 서럽도록 푸르고
당신이 누워계신 발치 끝엔 철쭉이 아프도록 붉은데
당신에 대한 추억만 선명할 뿐 모습은 보이지 않아
나도 당신 곁에 누워 하늘을 보고 바람소리를 들으며 생전의 당신 모습을 떠올려 봅니다.

가까이 다가갈 수 없는 이 자식은 바람소리로 다가가 사랑한다 고백하고
흐드러지게 붉은 철쭉으로 꽃다발을 엮어서 오월의 노래로 당신께 바치렵니다.
어머니 그립고 사랑합니다!

2020년 5월 6일

비가 내린다.

봄비도 아니고 장맛비도 아닌 게 갑자기 휘몰아치는 비바람은 세상 모든 것을 초토화시킬 기세로 달려들다 제풀에 지쳐서 이내 고요해졌다.

순간 그런 생각이 들었다.

'노아의 홍수 때도 이랬겠지? 아니야 더 강렬하고 사납고 거칠었을거야. 왜냐하면 하나님의 맹렬하신 노여움이 섞여 매질하듯 빗줄기가 세상 모든 것을 두들겨 때리듯 쏟아졌을 테니까.'

갑자기 조바심이 든다. 주님의 그 날이 오기 전에 한 명이라도 더 전도해야 할 텐데. 한 번이라도 더 생명의 메시지를 전해야 할 텐데...

그놈의 코로나인지 뭔지 하는 전염병 때문에 사람 간 경계하는 기피현상이 사람 사이의 유대관계마저 끊어지게 하고 믿는 자들의 정체성과 소속감도 잃어버리게 만들었다.

그렇게 시간이 흘러가는 동안 우리는 너무나 많은 소중한 것들을 잃어가고 있다. 옛말에 호랑이에게 물려가도 정신만 차리면 산다는 말도 있듯이 상황이 아무리 혼란스럽고 불안정해도 우리가 살아야 하는 이유(왜 살아야 하는지, 어떻게 살아야 하는지), 인간 본연의 본분과 가치만은 놓지 말자.

어둠이 깊으면 빛이 가까이 와 있듯이 반드시 환난은 인내를, 인내는 연단을, 연단은 소망을 이룰 테니까.

2020년 5월 18일

요 며칠 몸이 많이 아팠다.

신경성 위염도 재발하고 약을 먹고 버티면서 힘을 내는데 몸살마저 겹쳐 무얼 하기가 힘들었다.

그런데 더 힘든 것이 마음이었다. 어릴 적 키울 때는 참 많이 버겁고 많은 거 같던 자녀들이 이젠 다 멀리 떨어져 있다 보니 엄마 아프다고 말할 수가 없어 참 많이 외롭고 서글펐다. 어떻게 해달라는 게 아니라 말이라도 하고 싶은데 괜히 말해서 멀리 있는 애들한테 마음 쓰이게 하고 싶지가 않은 마음이 충돌하는 것이다. 그냥 그리운 마음, 서글픈 마음이 겹쳐 더 힘든 며칠이었다.

한 삼 일 동안은 낮이나 밤이나 잠을 자댔다. 왜 그랬을까? 인생의 고개턱을 넘을 때마다 이렇게 몸도 마음도 야위어가나 보다.

오늘은 금요일이다. 다시 한번 힘을 내어 몸도 마음도 추스르고 일어나야지.

2020년 5월 22일

너무 누워만 있었더니 점점 더 몸이 처지는 거 같아 집에 있던 크고 작은 화분들을 챙겨 들고 집을 나섰다. 차를 타고 2-30분을 달려 화원이 모여 있는 곳에 도착했다.

이것저것 주워 담아 심고 보니 아주 작던 빈 화분이 금방 생명이 되었다. 앙증맞고 예뻐라. 우리 집엔 여러 가지 화초들이 많다. 여기저기서 주고 내가 또 몇 개 사고 해서 모은.

취미도 아니고 그렇다고 집착도 아니고 다만 새록새록 자라는 생명력을 보고 싶을 뿐이다. 그렇게 몇 개를 주워 담고 돌아오는 길에 가로수가 온통 아카시아 나무이다. 꽃 또한 만개했는데 이상하게 향기는 없다.

수많은 차량이 뿜어대는 매연에 희석돼 버렸을까? 아니면 누군가가 호리병에 몽땅 담아갔을까?

아님 내 코가 향기를 감지하지 못하는 걸까?

얼른 가서 화분 정리할 생각에 마음이 급해져서일까? 이런저런 생각을 하며 돌아오는 길이 조금은 멀게 느껴진다. 동네로 들어서는 길에 큰 덤프트럭이 빵빵대며 경적을 눌러대서 보니 폐지 줍는 할아버지가 미처 피하지 못하고 길을 막고 있는 것이었다.

순간 내가 아픈 것도 잊고 차를 한쪽으로 대놓고 달려가 있는 힘껏 밀어드렸다. 고맙다며 돌아보는 할아버지를 뒤로하고 다시 차를 몰아 집으로 향했다.

왜 저렇게 힘들게 사실까. 인생은 어차피 공수래공수거(空手來空手去)인데. 무얼 그리 담아가시려고 팔순이 넘은 연세에 모으는 데만 마지막 남은 진까지 다 **빼**시는 걸까?

참으로 안타깝고 가슴 시린 인생이어라. 백발은 지혜의 보고(寶庫)라 했거늘 그 지혜 어디에 두시고 그리 아까운 시간을 길거리에 흘리고 다니신단 말입니까?

2020년 5월 22일-2

사람이 정도(正道)를 지키며 살아간다는 것은 결코 쉽지 않은 일이다. 완벽한 인간은 이 세상에 존재하지 않기 때문이다. 연약하고 부족한 것이 인간이지만 그럼에도 정도를 가기 위해 애쓰고 몸부림쳐야 하는 것은 동물이 아니고 인간이기 때문이다.

기계처럼 한정돼 있는 선을 넘지 아니하고 자동으로 멈추고 제어할 수 있는 장치가 인간에게도 있다면 일탈은 있을지언정 타락의 늪으로 빠지는 우는 없을 것이고 미움은 있을지언정 생명까지는 빼앗지 못하고 멈출 수 있을 텐데.

왜 그리도 끝 간 데 없이 통제되지 않는 악이 편만해 가는 것인지...

옛날처럼 대문에 지지대만 받쳐 놓고 굳게 잠그지 않아도 불안하지 않았던 그런 여유까지는 아니어도 만나는 사람끼리 서로 인사하며 웃을 수 있는 여백이라도 있으면 좋으련만. 이웃사촌이라는 말이 무색하게 경계부터 하고 경직된 얼굴로 상대의 호의마저 외면하는 시대 속에서 젊지도 늙지도 않은 몸과 맘으로 인생의 고개를 넘어가며 옛날이 아스라이 그리워짐은 원초적 귀소본능의 발로일까? 아님 맞설 수도 살아낼 수도 없는 포기일까.

그래도, 그럼에도 정도를 가야겠다. 나는 인간이니까. 그 위대하신 창조주 하나님의 작품이니까!

2020년 6월 1일

나는 꽃을 참 좋아한다. 이 세상에 꽃 싫어하는 사람도 있을까? 어렸을 때는 진달래만 피면 산에 가서 하루종일 친구들과 살다시피 했다.

어제는 불현듯 그때가 생각나 이웃 자매집 장미 몇 송이 얻고 들꽃도 몇 줄기 꺾고 키 자란 쑥도 끊어서 꽃 한 다발을 만들어 꽃병에 담아놓고 보니 참 예쁘다. 쑥향도 제법 풍겨온다.

금방 시들 것 같은 들꽃도 쑥대도 싱싱하게 살아있다. 물이 있어 살아있나 보다. 생명력이 대단하다.

우리 집에는 갖가지 크고 작은 화초가 많이 있다. 여기저기서 많이 주고 내가도 더러 사서 모았다. 저마다 자기만의 개성을 드러내며 열심히 살아내는 그들을 보면서 마음에서 작은 행복을 느낀다.

살아있다는 것, 살아 숨쉰다는 것. 그것은 기적이고, 그것은 가치이고, 그것은 소망이다. 오늘이 지나면 내일을 맞이할 수 있으니까.

내일을 기대하고 꿈꿀 수 있으니까!

2020년 6월 6일

우리 교회는 철저하게 일주일에 5번 이상 소독을 합니다. 구석구석 모든 비품과 앉는 의자까지 다 소독을 합니다.

뿐만 아니라 성도 간의 간격을 2m씩 정하고 예배지정석을 표시해놓고 정한 자리에만 앉지요.

왜 그러느냐구요? 코로나 바이러스로 인해 하나님께 드려지는 예배가 방해를 받아서는 안 되기 때문입니다.

온 성도가 마스크를 쓴 채 찬양을 하고 기도를 하는 건 참으로 불편한 일이지만 하나님께 예배드리는 것은 아주 중요한 일이기에, 그 중요한 일을 멈춰서는 안 되기에, 나아가 성도들의 건강도 중요하기에 불편함을 감수하고 철저한 위생관리 속에 예배를 드리는 것입니다.

코로나 바이러스는 많은 것을 잃게 했습니다. 그리고 보게 했습니다. 누가 신실한 성도인지, 누가 가라지 성도인지.

우리는 최선의 위생관리와 마음관리를 통해 코로나 바이러스의 공격을 막아내고 코로나를 이 땅에서 몰아낼 것입니다. 온 세상에 창궐한 코로나 역병으로 인해 고통받는 나라와 사람들을 위해 주님께 기도할 것입니다.

주님께서 속히 모든 상황을 정상으로 회복시키시고 형통케 하실 것을 믿고 기대하면서.

2020년 6월 7일

화무십일홍(花無十日紅)이라더니 그 아름답고 화려하던 장미가 도도한 자태를 허물고 힘없이 꽃잎을 떨구고 있다. 아무리 아름다운 꽃도 열흘 밖에 못 간다는 말을 눈앞에서 목도하고 있는 것이다.

그렇다. 세상에 영원한 것은 아무것도 없다. 다만 영원히 존재하려고 애쓸 뿐이다. 요즘 기온이 점점 고온으로 치닫고 있다.

장마를 몰고 오려나 보다. 또 얼마나 장대 같은 비를 쏟아내고 자연 만물을 단련하고 저만큼 물러날런지. 우기로 인한 피해는 없어야 할 텐데.

바라건데 일년에 한번 연례행사처럼 찾아오는 우기가 공기를 정화시키고 나아가 코로나 바이러스를 몰아다가 저 태평양 깊은 바닷속에 수장시켰으면 좋겠다.

비온 뒤에 햇살이 더 선명한 것처럼 우기가 지나가면 언제 그랬냐는 듯 맑고 깨끗한 세상이 되어 코로나 바이러스의 흔적조차 찾아볼 수 없는 환경으로 새로워지길. 그래서 우리 학생들이 마음 놓고 학업에 열중하고, 우리 어른들은 직장에서 열심히 일하고, 사업주들은 마음 놓고 거래처를 활보하며 비즈니스에 기대치를 높일 수 있기를..!

그러한 날이 속히 오기를 간절히 소망해보는 여름 오후이다.

2020년 6월 10일

삼 일 오전 금식을 작정하고 어제부터 시작했다. 그런데 예전 같으면 한 끼 금식 정도야 거뜬히 해냈는데 이젠 나이 탓인지 참 힘겹다.

장막의 문제 해결을 위해 금식하며 작정 예배를 삼 일만 드려야겠다고 힘들게 결정한 순간 주님은 응답하셨다. 그래서 마음먹은 거 감사예배로 드리기로 하며 둘째 날을 맞았는데 예배 드린 후 말씀준비를 하는데 힘이 없어서 잠시 누워 쉬는 중이다.

가장 합당한 시간에 가장 온전한 것으로 주시는 주님의 이 역전드라마를 체험해보지 않은 사람은 그 감사와 기쁨을 결코 알지 못하리라. 천 년이 지나고 만 년이 지나도 나는 언제나 하나님의 방법대로 살아갈 것이며 그렇게 하나님과 함께 동행할 것이다. 세상 문화나 시대적인 상황에 결코 타협하지 않으련다.

언제나 역전(逆轉)의 역사를 이루시는 하나님을 송축합니다~~!

2020년 6월 16일

어제 오늘 경안천을 산책했다. 아니 운동이라고 해야 맞을 것 같다. 왜냐하면 가볍게 산책할 코스라고 하기엔 약 두 시간 정도 걸리니까 말이다. 여기저기 물오리 떼가 한가로이 떠다니고 그중에 흰 두루미는 한두 마리씩 도도한 자태를 뽐내며 그림처럼 서있다. 가늘고 긴 다리 그리고 긴 목. 오뚝 서 있을 때면 연약해 보인다기보다 당당해 보인다.

참 하나님의 섭리는 오묘하다. 약육강식의 질서 속에서도 저마다 존재할 수 있는 능력과 지혜를 주셨다.

열두 줄의 시원한 물줄기를 뿜어대는 호수 한가운데 분수는 마음까지 시원하게 하지만 아직 코로나의 위협 속에 묶여있는 사람들의 마음은 결코 자유롭지 못하리라. 한낮의 열기 속에 에너지가 고갈되었는지 집에 오자마자 두통이 심하게 와서 약을 먹고 누워서 쉬고 있다. 생기를 충전하고 또 수요 예배 드리러 가야겠다.

어서 빨리 코로나 바이러스가 깨끗이 사멸되기를.
그래서 마스크란 가면을 벗고 환하게 웃을 수 있는 날이 오기를.
바람이 스치는 시원함을 마음껏 만끽할 수 있기를~!

2020년 6월 17일

우기인가 아침부터 추적추적 비가 내린다.

오래도록 가뭄에 갈급했던 초목들이 해갈을 하는 모양새다. 집 앞 작은 풀숲에는 약 한 달여 전 어미 고양이가 새끼를 낳았는데 이렇게 비가 오니 걱정스럽다. 어젯밤에도 새끼들을 거느리고 주차장 주변을 맴돌던데... 비를 피해 보금자리는 마련했을는지 참 걱정스럽다. 그러나 하나님이 주신 본능적인 감각과 대처로 미리 처소를 준비하지 않았을까 싶기도 하다.

알록달록 어미의 유전자를 물려받은 아기 고양이들이 앙증맞은 모습으로 뛰어다니는 것이 어찌 그리 귀엽고 예쁘던지.

나는 원래 동물을 예뻐하지 않았다. 그런데 우리 집에 있는 강아지 카미를 키우면서 생명의 소중함과 함께 많은 것을 깨달았다. 먹을 것엔 그다지 탐이 없지만 패션에는 좀 신경 쓰는 편이라 그럴듯한 것을 많이 가지고 있었다. 그 중엔 모피도 있었다. 하지만 카미를 만난 후 모피로 된 의류는 절대 입지 않는다. 갖고 있던 건 다 지인들에게 나눔했다. 벌레 한 마리가 어쩌다 집에 들어오면 휴지로 살짝 집어서 밖으로 내보낸다. 모든 살아있는 것은 다 소중하니까.

우기라 계속비가 내릴 텐데 살아있는 모든 것들이 우기를 이겨내고 건강하게 존재하기를 바란다. 내리는 비를 보며 창밖을 보고 있노라니 오사카에 있는 막내아들이 보고 싶어진다. 자기관리 잘하며 유학 생활을 잘하고 있음에도 얼른 아들이 돌아오는 9월이 왔음 좋겠다.

2020년 6월 24일

남강 한 모퉁이 정갈하게 자리 잡은 촉석루엔
굽이치는 물결 속에 서리서리 틀어 앉은 여인의 충절이
기둥마다 서려 있고

은장도 가슴 깊이 품은 여인의 절개를
어찌 한 잔 술로 꺾으리오
기품과 미소 속에 배어 있던 한(恨) 서린 의지는
잃어버린 조국을 되찾고자 하는 여인의 결단인 것을
치맛자락 부여잡고 마주 앉은 왜장(倭將)과 무슨 대화 나눴던가

충절로 굳게 다진 눈빛 속에 서려 있던
일편단심 기린 마음
어찌하여 읽어내지 못하고

끌어안고 깍지낀 손 사랑이라 착각하며
논개의 치마폭에 휩싸여 남강에 던져질 때
논개는 충절이요
왜장은 헛된 객사라

그 아름답고 장엄한 여인의 마지막 춤사위는
소용돌이 속에 묻어둔 채
흔적 없이 오늘도 도도히 흐르는
아, 남강이여! 남강이여

2020년 6월 29일

역사는 기록으로 말하고
전설은 가슴으로 새기고
여인의 충절은 수심에 묻었지만

누군가
촉석루 난간에 기대어
아! 그날의 사연을 묻는다면
여인의 죽음보다 깊은 뜻을
여인의 비장한 충절의 서린 한을
남강을 맴도는 바람의 소리를 말하고
촉석루를 굽이도는
남강의 여울로 보여주리다

세월은 돌아 돌아 흘러
소용돌이치던 그날의
비장한 아픔과 고뇌를 시간 속에 잠재우고

여린 논개의 작은 육신을
남강에 묻었지만

핏빛보다 진한 그 충절은
장미의 가시보다 서럽도록 아픈 기개는
도도히 흐르는 남강의 수면 위로
화려한 비늘 되어 드러눕고
천 년 만 년 전설로 살아나리
아, 논개여! 논개여!

2020년 6월 30일

나이를 먹는다는 것은 인생에 대해 알아가는 것이다. 그러므로 나이테가 하나, 둘 늘어간다 해도 조바심 칠 일도 초조해할 일도 아니라는 것이다. 늘어가는 나이 속에서 행복했고 아름다운 인생으로 돌아볼 수 있다면 후회 또한 적지 않을까.

사람마다 인생의 색깔이 있다.

늘 청춘같이 푸르른 사람, 늘 정열적으로 붉은 사람. 그런가 하면 카멜레온처럼 장소에 따라 상황에 따라 색깔이 변하는 사람.

어떤 인생을 살 것인가?

더불어 사는 인생 속에서 나도 남도 소중히 여기고 아우를 수 있는 마음과 태도, 남보다 조금 더나은 지위를 가졌다면 그것 또한 아름답게 나눌 수 있는 시너지 효과로 승화시킬 수 있는 여유.

나에게 무언가를 할 수 있는 여백이 있다면 아름다운 인생에 빛을 만드는 데 어우러지는 선한 도구의 삶을 살고 싶다. 연륜이 쌓이면서 깨닫게 되는 삶의 지혜와 여유가 있었으면 좋겠다.

이런 사람들이 모인 곳이 세상이었으면 좋겠고, 그 사람 중에 나도 있었으면 좋겠다.

오늘 하루 우리에게 주어진 시간들이 아름다운 삶의 연결고리로 끝까지 연결되었으면 좋겠다.

2020년 7월 10일

언제부터인가 빗소리가 듣기 좋아졌다.
후두둑 거리며 거칠게 쏟아지는 빗소리도 소리 없이 보슬거리며 내리는 빗소리도.

올여름엔 빗소리를 듣기 위해 창문을 열어놓고 밤잠을 청하기도 했다. 그런데 비가 많이 온 탓에 지하도로가 물에 잠겨 생명을 앗아가고 집과 농작물이 침수되어 피해가 크다는 뉴스를 보며 참 마음이 착잡하다.

누군가는 위로를 받고, 누군가는 상처를 받는 상황이 가슴 아프지만 더도 덜도 아닌 주님의 족한 은혜가 온 세상 곳곳에 내려지기를 이 밤도 조용히 간구해본다.

2020년 7월 25일

어제 오늘 나에겐 결코 쉽게 잊을 수 없는 날이 될 것 같다.

내 인생에 있어 주님 다음으로 의지하고 기대었던 큰 산과도 같던 어머니를 떠나보냈을 때 그 절망과 좌절의 깊은 슬픔 속에서도 주의 종이라는 책임과 사명감 때문에 예배의 끈을 차마 놓을 수 없었다.

아버지가 소천하실 때도 마찬가지였다.

양쪽 날개를 잃은 새처럼 형언할 수 없는 긴 이별에 한없이 무너지면서도 주일예배의 끈을 놓을 수 없었다.

두 번의 목숨 건 대수술을 받았을 때 월요일에 수술받고 5일째 되는 토요일에 주치의 선생님의 만류에도 불구하고 주일예배를 지키러 퇴원을 강행했다.

지금의 교회로 이사하면서 스트레스와 과로가 얼마나 컸던지 주일 아침 교회에서 정신을 잃고 쓰러지면서도 예배만 드릴 수 있게 해달라고 주님께 간구했었다.

그런데 정부에서 요구하는대로 철저하게 방역하고, 거리 제한을 두고, 마스크 쓰고, 주일 점심 식사도 없애고, 성가대도 없이 그렇게 최선을 다했는데 코로나가 다시 창궐한다고 비대면 예배만 드리라니 교회가 잘못했으니까 연대책임을 지우는 건가?

밤새 뜬눈으로 지새우고 교회 가서 엎드려 기도하려는데 비통하고 어이없어 눈물만 쏟아진다. 교회가 예배당으로써의 기능과 본분을 잃어버린다면, 주의 종이 예배와 복음의 사명을 감당할 수 없다면 사는 의미와 소망을 어디에서 찾을 것인가?

하나님은 분명 살아계신다.
공의롭고 공평하신 하나님의 물밑작업이 시작되겠지. 분명 마음 놓고 하나님을 찬양하고 예배할 수 있는 날이 속히 올 것이라 믿으며 마음을 다잡아본다.

2020년 8월 19일

장마가 다 끝났는지 알았는데 웬 뒤풀이가 이렇게 요란한지 천둥 번개에 장대비가 쏟아붓는다.

내일은 주일인데 그러지 않아도 마음이 마음이 아닌데 왜 빗소리마저 마음을 휘저어 놓는지.

한두 번 교회에 나오셨던 위례에 사는 성도분께 뜬금없이 전화가 와서 뉴스에서 다 보았다고, 예배를 못 드려서 어떡하냐고 자기는 잘 있는데 목사님 걱정돼서 전화했다 한다.

전화를 끊고 나서 또 눈물이 쏟아진다. 교회에서 예배를 못 드리는 것이 이렇게 나를 슬프게 하고 아프게 할 줄은 몰랐다. 힘들고 지칠 때는 모든 걸 놓고 싶을 때도 있었다. 1년 365일 단 하루도 긴장을 못 놓고 사는 삶이 때로는 버거울 때도 있었다. 성도들의 문제를 끌어안고 주님께 몸부림쳐 간구하며 좀처럼 변화되지 않는 성도들을 보며 정녕 이 길이 내 길인가? 회의가 들 때도 있었다.

하지만 막상 이렇게 예배를 드릴 수 없는 상황이 되자 왜 이렇게 마음 둘 곳이 없이 허전하고 슬픈지. 그동안 그 힘든 사역 속에서도 난 주님을 너무 사랑했나 보다. 그리고 우리 성도들 또한 많이 사랑했나 보다.

울고 웃으며 지나온 적지 않은 세월이 결코 헛되이 흐르진 않았나보다. 목회를 시작하고 처음으로 가족과 함께 주일예배를 드린다.

내일은 하나님의 성전이 아닌 가정을 성전 삼아 드리는 그 장소에 주님의 특별한 임재와 거룩한 성령의 역사하심이 충만하기를. 예배의 소중함과 진정한 의미를 깊이 깨닫는 시간이 되기를.

2020년 8월 22일

집 안에 있어도 밖에 나가도 그저 가슴이 답답하다.

요즘 세상 돌아가는 거 보면 거대한 파도에 이리 밀리고 저리 밀리는 배 안에서 살려달라고 소리치는 수많은 사람들의 비명소리가 들리는듯하다.

어서 빨리 세상이 안정되고 평화를 되찾아야 할 텐데. 이열치열이라고 긴 팔에 스카프로 목을 두르고 챙 넓은 모자를 눌러쓰고 마스크를 쓰고 동네 천(川)을 한 바퀴 돌기 위해 집을 나섰다.

개천가에 심어놓은 수천 송이 민들레가 오늘따라 어찌 그리 아름다운지. 형형색색 피어난 수많은 꽃송이를 보며 문득 자유(自由)라는 단어가 떠올랐다.

맨드라미라는 이름은 같지만 형형색색으로 색을 표현할 수 있는 자유가 있어 더 아름다울 수 있는 게 아닐까? 잔잔한 포물선을 그리며 헤엄치는 청둥오리의 한가로운 일상도 자유 그 자체이리라. 크고 동그란 눈을 껌뻑이며 주위를 살피면서도 사람들이 오가는 개천가까지 내려와 풀을 뜯는 고라니의 용기도 자유 안에서 가능했으리라.

코로나로 인해 합법적으로 자유를 박탈당하고 일상이 묶인 만물의 영장인 인간이 저들보다 나을 게 무엇이랴.

오 주여! 여기에서 더는 묶이지 않도록 사람으로서의 본분과 도리를 지키며 살 수 있게 하옵소서. 당신이 주신 자유의지 안에서 그 자유를 더욱더 성숙하고 가치 있게 사용하여 시너지 효과를 발휘하며 살게 하옵소서. 보이는 듯 보이지 않는 이 억압의 사슬을 풀어 자유케 하시고 마음껏 숨쉬며 살게 하옵소서.

2020년 8월 25일

오늘도 광활하게 떠오르는 태양은 전날의 두드리던 빗줄기를 과거로 넘겨버렸다. 태풍 바비는 갔다지만 마이삭이 어느새 바통을 이어받고 마라톤을 하는 중이다.

언제 또 갑자기 달려들어 소망 잃고 방황하는 인생들을 할퀴고 잔인하게 헤집을지 모를 일이다. 요즘 요동치는 날씨가 지금 세상의 상황과 같다. 근본을 놓고 도리를 제대로 하지 못하는 무력함과 죄스러움에 어제 하루를 보내고 밤까지 뒤척이며 지새우다 아침을 맞았다.

외형이 큰 교회들은 이웃 사랑이라는 대의명분이나 있지만 힘없고 작은 교회들은 맞설 수 있는 힘이 없어 그저 떠밀리듯 고개 숙이고 보니 무력한 자괴감에 하늘 바라보기도 부끄러운 이 마음을 어디다 두어야 하나.

이 시련과 압박이 그 언제나 끝나려나. 인터넷 서핑을 하던 어느 날 자유로운 문체로 한껏 쏟아낸 조은산의 글과 우연히 마주했다. 그의 한길 속내는 현 상황에 한을 넘어 가히 예술의 경지에 이르니 무더운 여름날 시원한 냉수 한 잔을 들이킨듯 잠시 속이 시원했다.

십수 년을 쌓아 올린 신앙의 공든 탑은 세상의 부질없는 공력에 결코 쉽사리 무너지지 않겠지만 여름 날씨처럼 변덕스럽고 정하지 못한 것 또한 인간의 마음이라 길고 긴 비대면에 실족할까 염려되고 공든 탑 한 귀퉁이 무너질까 염려된다. 그것이 기우(杞憂)이길 바라며...

오늘도 또 새롭게 밝아온 하루에 담을 내 시간들을 점검하며 알차게 살아내야지. 하루하루 힘겨운 시간 속에 감춰져 있는 주님의 진리를 악착같이 찾아내고 소유하여 누리기 위해! 주님은 오늘도 우리와 함께하시니까 일어나자!

2020년 8월 31일

예전엔 화려하고 눈에 가득 들어오는 장미를 참 좋아했다. 그것도 무리 지어 피어있는 넝쿨 장미 같은 것을.

그런데 한 해 두 해 적지 않은 나이를 먹고 보니 들에 핀 들국화라든가 코스모스 같은 야생화가 더 눈에 들어온다.

왜 그럴까? 자연의 섭리를 따라 누구 하나 물을 주며 가꾸지 않았음에도 스스로 생존하는 법을 알고 피고 지는 때를 아는 섭리의 순종이 대견하기 때문이리라.

겨울 한파도 숨죽여 참아내고, 이른 봄 꽃샘추위도 견뎌내고, 여름 땡볕도 버텨낸 후 가을 무서리가 오기 전에 한껏 자태를 뽐내며 나도 꽃이라고 바람결에 살랑인다. 이렇게 시선을 끄는 들꽃이 가을에 더욱더 아름다워 보임은 생존의 힘겨움이 공감되기 때문이리라.

그러나 힘겨웠다는 것은 아름다운 결과의 부산물이리라. 그래서 새옹지마(塞翁之馬) 같은 인생이 아름답듯이, 그래서 힘겹게 핀 야생화가 더욱 아름답지 않을까?

2020년 10월 8일

오랜만에 글을 써본다.

내일은 주일이고 예배를 인도하려면 수면에 들어야 하는데 잠이 안 온다.

더구나 코로나 바이러스가 다시 창궐하고 있다니 마음이 무겁다. 어둠의 권세가 코로나를 빌미로 얼마나 또 교회를 압박하고 입지를 좁히며 공격할 것인가. 또 얼마나 열심히 삶을 살아내는 사람들의 일상을 힘들게 하고 가로막을 것인가.

날짜는 벌써 12월로 들어섰는데 날씨도 겨울 같지 않다. 겨울은 겨울답게 삼한사온(三寒四溫) 하기도 하며 눈도 내려야 하거늘. 그래야 내년을 준비하며 토지도 갈음해야 또 다시 생명의 에너지로 축적되어 움트임의 시작을 하지 않겠는가.

흔치 않은 생애 고개턱을 오르면서 인생이 무엇인지를 조금은 터득해 아우를 줄 알게 되었다. 인생을 달관했다는 얘기가 아니다. 조금은 저만큼 서서 조바심내지 않는 여유가 생겼다는 말이다.

대지가 휘몰아치는 눈보라와 비바람을 맞고도 크게 반응하지 않고 초연할 수 있는 건 넉넉히 수용할 여력이 남아있기 때문이다. 그리고 봄이 되면 그 얼어붙은 대지는 뜨거운 수분을 뿜어 올리며 모든 자연만물에게 생기를 부여한다.

　　지금 우리 모두에게 혹독하고 매섭게 휘몰아치는 시련의 바람은 우리 안에서 녹고 어우러져 강력한 소망의 에너지로 피어오를 것이다.

2020년 12월 5일

코로나의 뜻이 무엇인가 찾아봤더니 라틴어로 '왕관'이라는 의미라는데, 지금 팬데믹(Pandemic)을 일으키고 있는 세균의 모습이 왕관의 돌기처럼 생겨서 코로나 바이러스라고 한다는 것이다. 그래서 그렇게 쉽게 사라지지 않고 세상의 왕처럼 군림하며 사람들을 위협하고 있나보다.

　　그러나 하늘 아래 완전한 것이 무엇이랴. 하늘을 쓰고 도리질을 하며 감히 전능자인 하나님의 성전을 막아서고 최선을 다해 성실하게 살고자 하는 사람들의 일상을 위협하는 더럽고 악한 코로나 바이러스도 머지않아 과거 속으로 사라질 것이다.

　　어둠이 깊으면 새벽이 가까이 오고 있음이 아니던가?
　　지금 우리는 과학의 첨단 시대인 21세기를 살면서 미처 생각지도 못했던 전염병으로 인해 생명을 위협받고 있다.

　　누구의 잘못이런가? 무엇으로 인한 환경의 반란인가?
　　청결과 조심만이 답이라면 그렇게라도 해서 감염의 확산을 막아야 하겠지만 분명 코로나가 발생한 원인이 있을 것이다. 그것이 무엇인지 우리는 찾아야 한다. 문명의 이기가 빚어낸 최악의 상황은 아닌지, 사람이 사람답게 살아야 하는데 그렇지 못해 주권자이신 하나님의 징계는 아닌지...

세상 만물을 창조하시고 주관하시는 주여.

속히 저 더럽고 악한 코로나 바이러스를 성령의 불로 태워 소멸하시고 하루하루 생계를 걱정하며 울고 있는 저들의 눈물을 닦아주소서.

하루 속히 모든 사람들의 일상이 회복되게 하시고 사회가 안정되게 하소서. 이 나라를 이끌어가는 대표 지도자들이 정직과 성실로, 정의와 공의로 행하게 하셔서 국민을 먼저 생각하게 하시고 하나님이 주시는 지혜와 능력으로 이 위기를 잘 대처하고 해결해 나갈 수 있도록 하시옵소서!

그리하여 이 지겹고 답답한 마스크라는 가면을 하루 속히 벗게 하시고 만나는 사람들과 활짝 웃으며 마음 놓고 악수할 수 있는 세상이 되게 하옵소서!

하늘과 땅의 모든 권세를 가지시고 인간의 생사화복을 주관하시는 예수님의 이름으로 기도합니다. 아멘.

2020년 12월 17일

메리 크리스마스!

오늘은 귀하고 귀하신 하나님의 독생성자 예수님이 이 땅에 오신 날이다. 가난한 자를 부요케 하고, 묶인 자를 자유케 하고, 병든 자를 고치시고, 소외되고 연약한 자들에게 위로와 소망을 주시기 위해서!

교회와 주의 종, 성도들은 그런 예수님의 도구요, 통로 되어 주님의 사랑을 전해야 한다. 그런데 코로나 바이러스가 사람들의 정신을 쏙 빼놓는 통에 주님의 사랑을 나누기는커녕 안부 인사도 제대로 나누지 못하게 한다. 어쩌다 보니 시간이 지나고 여기저기서 축복의 메시지를 받고 보니 참 많이 미안하고 부끄럽다.

복음성가 가사처럼 왜 내가 먼지 손 내밀지 못하고 왜 내가 먼저 사랑의 위로와 축복의 인사를 건네지 못했을까?

내가 아는 모든 사람들 아니 모르는 사람일지라도 코로나 바이러스의 위협에 주눅들지 않고 빛과 생명으로 오신 예수님의 생기를 듬뿍 받아 강건하고 행복했으면 좋겠다. 아주 아주 많이!!!

2020년 12월 25일

오늘 저녁엔 눈이 많이 내린다. 몇 년 만에 보는 탐스러운 함박눈이 그야말로 떡가루를 뿌리듯이 가로등 밑으로 쏟아져 내린다.

저녁 예배를 마치고 돌아오는데 미끄러운 눈길에 차량들이 거북이 걸음으로 밀리고 있다. 이제는 자연의 아름다운 운치도 문명의 이기로 마음껏 누릴 수도 없다. 그저 미끄러운 눈길에 안전사고 나지 않기를 기도할 뿐이다.

예고 없이 찾아온 캄보디아 선교사님과 짧은 시간 많은 이야기를 나눴다. 뭐라도 드리고 싶었는데 정작 준비된 것은 없었다. 그래서 행사를 위해 구매해 두었던 수건 몇 장과 책 열 권을 선물로 드렸다. 무언가 마음만큼 더 챙겨주지 못해 아쉽고 섭섭하다.

집에 돌아와 잠도 안 오고 인터넷 뉴스를 보다가 정인이란 꼬마 천사의 이야기를 보면서 너무나 가슴이 아파서 긴 한숨을 토해내는데 눈에선 소리 없이 눈물이 흘러내렸다.

얼마나 아팠을까? 얼마나 무서웠을까? 그 예쁜 꽃 같은 작은 천사가 왜 그리 미웠을까? 만지기도 조심스러운 여린 몸에 왜 그토록 잔인한 채찍을 가했을까. 왜 이렇게 사랑엔 인색하고 미움과 분노만으로 여린 살을 아프게 했을까.

생명이 얼마나 소중한 건데. 세상을 다 주어도 얻을 수 없고 바꿀 수 없는 귀하고 귀한 가치인데.

정인이 우리 이쁜 꼬마 천사에게 어른이어서 미안하단 말도, 못 지켜줘서 미안하단 말도 못하겠는데 어떡하지? 어떡하면 좋을까...

사랑의 주님! 우리 이쁜 꼬마 천사 정인이가 세상에 태어나 16개월을 살다 갑니다.
짧은 시간 동안 고통과 두려움 속에서 하루하루 버텨냈을 그 마음과 몸을 안아 주시고 그 아픈 기억은 깡그리 다 잊고 주님의 품에서 마음껏 까르르 까르르 웃으며 밝고 맑게 살게 해주세요.

2021년 1월 7일

입춘이 지난 지 벌써 보름째다.

아직 많이 춥고 시리다. 삼한사온 하기 위한 겨울의 마지막 퍼포먼스인가?

문득 이상화 시인의 "빼앗긴 들에도 봄은 오는가"라는 절규가 귓전을 스치듯 떠오르는 것은 희망을 상실한 시대의 아픔에 동병상련의 마음이 들어서일까.

우린 지금 무엇을 빼앗기고 있는가?

그리고 무엇을 아파하고 있는가?


코로나 역병으로 인한 위협과 상실을 함께 짊어지고 하루하루를 버텨내는 삶의 무게가 버겁고 힘겹지만 그래도 일어나야 하고 한 걸음이라도 내디뎌야 한다. 빼앗긴 들에도 봄은 오는 것처럼 빼앗긴 일상 가운데도 봄은 올 것이기 때문이다. 봄이 온다는 것은 시간이 지나가고 있음이고, 시간이 지나감을 느낄 수 있다면 지금 우리가 살아있다는 증거일 것이다.

절망과 어둠 속에서도 누군가는 희망을 꿈꾸며 꿈틀거림으로 기지개를 켤 때 그것은 곧 희망으로 생명으로 민들레 홀씨처럼 세상으로 퍼져 날릴 것이다.

봄이 오고 있다. 상실의 시대에도 바람은 분다.

호흡할 수 있는 생기를 흩날리며 일어나자. 그리고 힘을 내 한 발자욱이라도 내디뎌보자!!!

2021년 2월 19일

그 옛날 애굽의 고된 노역 중에도 하나님께서는 이스라엘 백성들을 강성케 하셨다. 기하급수적으로 늘어나는 인구에 겁을 먹은 바로는 산아제한이라는 미명 하에 이스라엘 백성들이 낳은 아이들 중 여자 아이는 살려두고 남자 아이들은 나일강에 던져 죽이라고 명령했다.

예수님이 탄생하셨을 때도 헤롯왕은 아기 예수님을 죽이기 위해 두 살 아래의 아이들은 모조리 죽이라고 명령했다.

그런데 지금 이 시대에 이와 같은 반인륜적인 사건들이 비일비재하게 일어나고 있다. 친모, 친부, 양모, 양부 할 것 없이 어린 아이들을 학대하고 죽이고 있다.

꽃으로도 때리지 말라고 했는데 꽃 중에 가장 아름다운 꽃은 사람꽃이라 했는데 그 어리고 여린 아기들을 어찌 그리 포악을 쏟아내며 무참히 짓밟아 생명을 빼앗고 있는가?

이제 우리는 누구를 탓하기 전에 우리 자신들을 돌아보아야 한다. 맞벌이라는 생계수단 뒤에 무책임하게 방치해 온 부모의 관심과 사랑을 조기 교육으로 대체하려 했지만 인성 교육에 앞서 또래 집단에서 살아남으려는 아이들이 배운 건 독선적인 생각과 자기중심적인 행동이 아니었을까. 그렇게 자라난 세대들이 저지르는 간접 살인 행위는 이제 그 한계를 초월해 사회적인 가장 큰 문제로 야기되고 있다.

　사랑도 받아본 사람이 줄줄 알고 그 가치가 얼마나 귀한지 아는 사람만이 그 소중한 가치를 지켜내기 위해 남의 마음을 헤아릴 줄도 안다. 그런 사람이 인내하며 기꺼이 희생도 감수하게 되는 것이다.

　지금 젊은 세대들은 결혼해도 아이도 안 낳거나 낳는다해도 한 자녀만 낳아 하고 싶은 거 다하게 하고 먹고 싶다는 거 다 사주려 한다. 그리고 한 살이 채 안 돼도 어린이집에 보낸다. 과연 잘 키우는 것일까? 물론 사회구조적인 문제도 크게 한몫하고 있다. 그러나 날마다 들려오는 영유아 학대와 살해의 소식에 아프고 화가 나서 잠을 못 이루고 뒤척거린다.

　세상 사람들은 소크라테스에게 묻기를 "테스형! 세상이 왜이래?" 하겠지만 난 이 밤에 "예수님! 세상이 왜이럽니까? 도대체 왜 이러는 겁니까?"라고 숨죽여 절규한다.

　동물들도 자기 새끼를 귀히 여기고 최선을 다해 돌보거늘 하물며 사람의 탈을 쓰고 어찌 그리 무지하고 악랄하게 생명을 짓밟아 버리는가? 그러고도 사람이기를 바라는가?

　　죄는 미워도 인간은 미워하지 말라 했지만 치솟는 울분을 통제할 길 없는 이 밤 두 번 다시는 이런 비통한 소식이 들리지 않기만을 바랄 뿐이다.

　　주여! 세상을 회복시켜 주옵소서.
　　사람답게 사는 것이 무엇인지 알게 하시고 생명 사랑하는 선한 마음을 주셔서 악한 사망 권세가 깨끗이 소멸되게 하시고 이 땅에 화평과 사랑으로 넘치게 하옵소서~!!!

2021년 2월 21일

바람이 분다.

작열하는 태양 아래로 거친 모래 바람이 주님의 옷깃을 스치며 휘몰아친다.

맨발의 발가락 사이로 끼어들어 사각거리는 모래알이 주님의 발가락 사이를 헤집어 피를 낸다. 그 쓰린 아픔에도 아랑곳 않고 주님의 발은 촌각을 다투며 사람을 찾아 헤매신다.

이제 얼마 남지 않은 시간을 아끼며 한 영혼이라도 더 구원하기 위하여. 한 영혼에게라도 더 복음을 전하기 위하여.

온종일 그렇게 사방으로 헤매던 육신을 잠시 쉬지도 않으시고 다시 무릎 꿇어 하늘 아버지께 기도하신다.

얼마나 영혼을 사랑하셨으면 얼마나 생명을 귀히 여기셨으면 얼마나 우리 모두를 그리고 나를 사랑하셨으면 저토록 밤낮으로 혼신을 다해 부르짖으셨을까.

주님의 그 땀방울은 우리의 노래가 되었고 연연하며 애태우던 그 사랑은 우리의 생명이 되었고 밤낮으로 높고 낮은 자리에서 외치셨던 복음의 메시지는 우리의 구원의 길이 되었다.

아~ 아직도 모래바람 속으로 나부끼던 주님의 옷자락은 환영처럼 시야를 가리고 목울음을 토해 내듯 외치셨던 들을 귀 있는 자는 들으라시던 그 음성은 아직도 귀에 쟁쟁한데 주님이 걸어가신 사순절의 자취는 한 권의 책 속에 문자로 새겨지고 응축되었으니 이제 마지막 그날에 생생하고 눈부시게 그 음성으로 다시 오시겠지.

그 인자한 모습으로 구름 타고 오시겠지.

2021년 2월 21일-2

오늘은 불현듯 어느 목사님 생각이 났다.

뵌지도 벌써 3년이 지났다. 팔십을 훌쩍 넘어 90을 바라보는 연륜임에도 아직도 청춘같이 바쁘게 살아가신다.

법조계 집안에서 태어나 전혀 다른 길을 선택했지만 후회는 없다 하신다. 교회 음악을 전공하시고 젊은 시절엔 음악 교사로 고등학교에서 교편을 잡으셨던 목사님이신데 언제나 한결같이 정중하고 예의 바르시다. 연하라고 해서 결코 말을 놓는 법이 없으시다.

목회 선상에서 만나 귀한 인연을 맺은 목사님인데 딸 같은 나에게도 항상 목사라고 극진히 예우해 주실 때면 참 송구스럽다.

어느 한 날 목사님의 사모님을 만나 목사님의 젊은 시절의 얘기를 들을 수 있었다. 고등학교 교사 시절 받은 급여를 어려운 학생들 돕느라고 다 써버리셔서 새댁 시절에 시부모님께 생활비 타서 살림하느라 많이 힘들었다 하신다.

주님은 심은 대로 거두게 하시고 행한 대로 갚아 주신다고 했는데 그 목사님을 생각할 때마다 주님의 말씀이 떠오르는 것은 현 삶 속에서 주님의 말씀의 열매를 목도할 수 있기 때문이리라.

85세에 헤브론 산지를 개척하겠노라 당당히 요구하며 노익장을 과시하던 갈렙처럼, 지금 그 목사님도 여기저기 초청받아 다니시면서 그 연세에도 자식들한테 의지하지 않으시고 당당하게 사모님 손에 생활비를 건네주시는 그 모습이 갈렙의 스타일로 투영되어 멋지고 존경스럽다.

코로나의 기세가 한풀 꺾이면 한번 들르겠노라 하시며 안부를 물으시던 목사님! 무병장수하시고 언제나 그렇게 당당한 모습으로 부디 오래오래 강건하소서~!

2021년 3월 1일

입춘이 지난 지 한 참인데 아직도 동장군이 진눈깨비로 온 세상에 으름장을 놓으며 자신의 존재를 과시한다.

교회를 향해 달리는 차창 밖으로 진눈깨비가 사납게 눈보라를 일으키며 휘몰아친다. 걸어서 약 15분 거리에 교회가 있어 늘 운동 삼아 걷는 거리지만 오늘은 차가 있어 참 다행이라는 생각이 든다.

운전하여 교회로 가는 짧은 시간에도 미끄러운 눈길에 밀리는 차 없기를 운전하는 모든 사람들이 안전하게 귀가할 수 있기를 기도한다. 마치 자동 기도장치가 있는 듯 마음 속 간구가 모두를 향해 일렁인다.

교회에 도착해 책을 정리하듯 차곡차곡 순서를 밟아 기도하는 내 모습을 보고 주님께서 바리새인 같다 하시려나.

나라와 민족의 평화와 안정을 위해, 대통령과 위정자들의 정의롭고 공의로운 정치를 위해, 나락으로 떨어진 경제가 회복과 성장을 통해 대기업들과 중소기업이 살아나서 젊은 청년들이 꿈과 비전을 가지고 마음껏 일할 수 있기를 또한 바라며.

코로나 바이러스 역병이 온 세상에서 속히 깨끗이 사라지기를, 그로 인해 건강하고 밝은 환경이 활짝 열리기를. 이 땅에 세워진 주님의 몸된 교회들이 영성을 회복하고 세상에서 빛과 소금의 사명을 넉넉히 감당할 수 있기를. 날마다 살맛 나는 소식이 들려오기를. 날마다 살아나는 생명의 생기가 온 땅에 가득하기를.

날마다 반복해서 부르짖는 간구이지만 오늘 밤만은 하늘 높이 흩날리며 온 세상을 덮는 사랑의 불로 타오르고 생명의 향기가 되어 하늘 보좌로 피어 오르기를.

2021년 3월 1일-2

병원에서 지역의료 보험에서 진행하는 건강검진 대상이라고 연락이 왔다. 사간을 내서 검사를 받았는데 만성 위염이라나. 그래서 조제해 준 약을 먹었는데 약이 독한지 어쩐지 몸이 많이 붓기에 중간에 약을 끊고 요 며칠 운동을 다녔다. 운동이라야 공원 산책로를 빠른 걸음으로 걷는 게 전부지만 그것조차도 힘겨웠는지 운동 후에 교회 들러 기도하고 집에 오면 너무 힘들어서 아무것도 할 수가 없다.

연세 드신 분들도 씩씩하게 걷는 코스인데 왜 나는 이렇게 힘이 들까?

공원길 옆으로 흐르는 개울가에 수양버들이 귀여운 강아지 털마냥 보드랍게 피어올랐다. 그 혹독한 추위를 견뎌내고 피워낸 승리의 몸짓이 대견해 우리 카미를 쓰다듬듯 버들잎을 쓰다듬었다. 그 많던 청둥오리와 피라미들은 다 어디로 갔을까.

오다가다 한 마리씩 보이는 청둥오리 곁에 하얀 두루미가 영국 호위병처럼 오뚝하니 서서 오리들을 지키는 듯 긴 다리를 세우고 서있다. 바람 소리가 사각거리며 갈대숲 사이로 지나가고 나도 호기심에 개울을 가로지르는 징검다리를 건너 갈대숲으로 들어섰는데 갑자기 치기 어린 생각이 스며든다. 이 갈대숲 사이에 숨으면 저쪽 산책로에서 안 보일까?

그렇게 혼자 이런저런 생각을 하며 걷는데 발가락이 너무 아파온다. 이럴 때 누군가 동행이 있다면 아무 데나 걸터앉아 쉬었다 가련만. 발뒤꿈치에다 힘을 주고 부지런히 걷다 보니 제법 바람이 차가운데도 몸에선 땀이 난다.

이어폰을 끼고 자동으로 연결해놓은 성경 말씀은 어느 낯익은 성우의 목소리로 쉴 새 없이 흘러나온다. 사순절 기간이라 주님의 발자취를 더듬으며 사 복음서를 듣고 있는데 문득문득 주님의 아픈 발자취가 서럽게 시려와서 울컥하다가도 어느새 또 마음은 저만큼 눈에 보이는 사물들을 마중 나가 제멋대로 사유하다 다시 제자리로 돌아와 또 말씀을 듣는다.

그렇게 두 시간여를 산책하고 교회 가서 기도하고 약 15분을 또 걸어 집으로 돌아온다. 씻고 누워있는 이 시간 종아리도 땡기고 어깨도 결린다. 그래도 안식할 수 있는 이 시간이 제일 편안하고 행복하다.

2021년 3월 9일

한발 앞서가는 마음일까?

이슬처럼 몇 방울 뿌려댄 봄비 사이로 새눈을 틔우는 길가의 작은 풀잎들을 보면서 아기자기한 봄꽃들이 보고 싶어졌다. 그래서 가끔 가는 꽃집을 찾아갔다. 봄꽃들을 이리저리 둘러 보니 참 앙증맞게 이쁘기도 하다.

카네이션도 벌써 꽃잎들을 피우고 누군가가 보아주기를 수줍게 기다리고 있다. 문득 부모님 생각이 났다. 부모님의 흔적이 잠들어 있는 산소에 봄꽃 몇 송이 심어놓으면 좋을듯 싶다.

봄이니까 봄비도 자주 오겠지. 지금쯤 심어놓으면 그래도 한참은 피고 지며 예쁜 모습을 볼 수 있겠지.

세월은 기억을 희석하여 흐리게 하는 것이 아니라 새록새록 그리움으로 가슴을 물들인다. 그 마음을 봄꽃 속에 담아 부모님 산소에 심어드리고 싶다. 부모님은 이미 천성 어느 아름다운 구역을 서성이며 다시 만날 날을 꼽아 기다리고 계실 텐데 말이다.

육신의 추억을 가슴에 묻은 그 날부터 지금껏 부모님의 흔적만을 붙들다 가끔씩 너무 그립고 보고싶어 가슴이 시려오면 달려가 부모님 산소 주변을 맴돌다 오는 것이다. 꽃집에서 사온 봄꽃들을 작은 베란다 공간에 심기도 하고 베란다 행거에 걸기도 하고 보니 귀엽고 예쁘다.

저 꽃들의 이름이 뭘까?

이름을 모른들 어떠랴. 그저 볼 수 있는 것만으로도 꽃이라는 이름으로 피어있는 것만으로도 기특하고 대견하고 고맙고 소중하다.

이윽고 어둠이 창가에 드리우고 내일이 또 오늘이란 이름으로 찾아오겠지. 그리고 나는 꽃들을 보며 조금은 더 행복해지겠지.

2021년 3월 13일

오늘은 둘째 아들 친구와 짧은 시간 동안 많은 이야기를 나누었다.
이런저런 살아가는 일상과 신앙 이야기까지.

젊은 친구가 소박하면서도 공감 능력도 뛰어나 직업과 잘 어울린다는 생각을 했다. 참 진중해 보였다.

아들들은 행여 내가 신앙을 강조하여 부담 줄까봐 그로 인해 친구 사이가 멀어질까 또 목회자인 엄마가 마음 상할까 여러모로 신경쓰이나 본데 내 생각은 다르다. 왜냐하면 이 모든 관계나 입장을 떠나서 사람이라면 누구나 마땅히 가야 할 바른 길, 구원과 생명의 길을 제시하고 싶은 것이 나의 솔직한 심정이다.

목회자로서의 본분과 사명도 있지만 영혼을 가진 존재라면 결코 초월할 수 없는 생과 사의 갈림길에 한 번은 서야하기 때문이다. 그 마지막 순간에 선택하기엔 이미 늦어버리기 때문에 살아 있는 동안에 선택의 기회를 주고 싶은 것이다.

예수 그리스도를 구주로 영접하고 예수그리스도 안에서 사는 삶은 종교 차원의 선택이 아니라 영혼을 가진 인간으로서의 마땅한 도리요 의무인 것이다. 이 진리의 비밀을 알려주고 싶은 것이다. 생명을 잃음은 그 어떤 명분의 데미지(Damage)보다 더 큰 손실임을 알기에.

부디 예수그리스도를 구주로 영접하고 예수 그리스도 안에서 평안하고 형통한 삶을 살기를 바란다. 주님과 동행하는 삶이 얼마나 든든하고 행복한지를 알길 바란다. God Bless You!

2021년 3월 25일

이제 다음 주면 고난주간이다.

물이 없어 갈함이 아닌 양식이 없어 주림이 아닌 오직 영혼을 살리기 위한 갈급함으로 온 유대 지역을 헤매고 다니시다가 마침내 예정된 시간 앞에 대속의 대가를 치르기 위해 십자가를 지셨다. 그 지존하신 육체가 채찍에 난사되고 대못에 손과 발이 다 뚫려 그 처절한 고통과 몸부림에 하늘도 울고 땅도 울었지만 천 년이 두 번 지나고도 많은 세월이 흐른 지금 십자가의 고통이 영원한 생명을 잉태하는 과정이며 진정한 자유를 누릴 수 있는 믿음의 근거임을 아는지 모르는지 그저 신앙의 절기로만 기념하려 하니 참으로 안타깝고 죄스러워 오늘도 복음지를 들고 거리로 나섰다.

수십 개의 빌라촌을 전도지 몇 백장을 들고 오르내렸다. 사람을 만나면 물티슈와 함께 나눠주며 예수 믿고 구원받으라고 복음을 전했다. 그럴 때 거절 않고 받아 드는 손길이 왜 그리도 고마운지.

생명의 길, 구원의 길로 인도하는 것이 얼마나 귀하고 감사한 일인지 알지 못하는 저들에게 무엇을 기대하랴마는 내민 손이 무색하게 벌레 보듯 쳐다보며 냉정하게 뿌리치는 손끝에서 생명의 생기 또한 떨어져 나가는 듯한 아픔이 느껴진다. 전도하며 등에 흘러내린 땀은 속옷을 다 젖게 하고 발바닥에선 불이 나도 마음은 새털처럼 가볍고 행복하다.

주님을 위해 주님의 대속의 희생이 허무하지 않도록 만분의 일이라도 헤아려 드린 하루가 아닌가! 내심 자신이 기특한 생각이 들기 때문이리라.

광야를 헤매며 주님의 초림의 첩경을 예비했던 세례 요한처럼 아무리 코로나가 사납게 창궐 해도 세상 문화의 이기가 사람들의 열정마저 삼켜 버린다 해도 누군가는 주님의 재림의 첩경을 예비해야 하지 않겠는가.

주님은 반드시 오실 테니까.

2021년 3월 26일

내일부터는 고난주간이다.

성도들한테 금식하고 주님의 고난에 동참하란 얘긴 하지 않고 이제는 그리스도의 장성한 분량에 이르는 믿음의 성숙함으로 성도답게 고난주간을 보내라고 했다. 한 끼 금식 기도가 형식적인 행함이라면 무슨 의미가 있겠는가. 그래도 마음을 담아 최선을 다해 주님의 십자가 은혜에 감사하고 그 은혜에 합당한 삶을 살아내는 것이 고난주간을 보내는 성도의 진정한 태도이리라.

고난주간이 봄이어서 마음이 더 아프고 시리다. 산과 들엔 꽃들이 만발하고 수려한 자태를 드러낸다. 백목련은 또 어찌 그리 당당한지 어둔 밤에도 참 고고하게 빛난다.


중동 지역의 특성상 사철 꽃이 피는 들녘을 걸으시며 주님은 무슨 생각을 하셨을까. 천상의 모습보다 더 아름답진 않겠지만 자연 모든 것이 생기를 틀어 올리느라 분주한 시절에 죽음을 준비하는 그 마음이 오죽했으랴.


주님은 오늘 마지막 핏잔을 나누시기 위해 어린 나귀를 타고 예루살렘을 향하셨다. "호산나 찬송하리로다. 주의 이름으로 오시는 이여!" 하며 겉 옷자락을 펴서 왕의 카펫을 만들던 수많은 군중들을 보시면서 어쩌면 소리 없이 마음으로 우셨으리라.

그 뜨거운 열정이 얼마나 차갑고 사납게 식어버릴 줄 너무나 잘 아시기에. 로마 군병들이 내리치던 그 채찍보다 바라바를 살려주고 예수는 십자가에 못박으라는 그 외침이 귓전을 때릴 때 천 배 만 배 더 아프게 주님의 마음을 찢었으리라.

아! 그들의 포악함을 징계하고 새롭게 변화시키는 정화 작업이 얼마나 힘든 일이기에 아니 우리 모두, 아니 나의 악한 내성을 소멸하는 것이 얼마나 힘들기에 한점 흠도 티도 없는 하나님의 독생성자 예수님이 그토록 만신창이가 되어 십자가에 달려야만 했단 말인가.

신앙의 연륜이 더해 갈수록 그저 주님 앞에 부끄럽고 부족할 뿐이오나 그 은혜 그 사랑 그 희생의 만분의 일이라도 갚으며 살아갈 수 있도록 성령님 연약한 종을 손잡아 이끌어 주소서. 우리 교회 그리고 이 땅에 주의 이름으로 세워진 모든 교회가 복음의 사명을 잘 감당할 수 있도록 주님의 재림의 첩경을 잘 예비할 수 있도록 주님 인도하여 주소서.

2021년 3월 28일

오늘도 막내아들 점심을 챙겨주고 전도지와 함께 나눠줄 물티슈를 가방 가득 챙겨 들고 집을 나섰다.

주님께서도 이때쯤 예루살렘 어딘가를 돌아다니시며 구원할 영혼들을 찾고 계셨으리라. 그리고 지금 이 시간쯤이면 겟세마네 동산에서 고난의 핏잔을 마시기 위해 땀방울이 핏방울이 되도록 혼신의 힘을 다해 기도하셨으리라.

그 고통의 만분의 일이라도 동참하고 그 생명의 은혜를 나누고자 3주 전부터 일주일에 서너번씩은 계속 노방전도를 나갔다. 어떤 때는 발가락에 물집이 생기기도 하고 어느 날은 발바닥에서 불이 나는 듯 화끈거리고 아프기도 했다. 그래도 마음은 기쁘고 가볍다. 주님이 가장 기뻐하실 일을 했다는 나 스스로의 작은 대견함 때문이리라.

오늘도 교회 근처 공원에 나가서 복음을 전하고 전도지를 나눠주는데 어떤 60대 후반의 여성분이 자기는 불교신자라며 남한산성에 소재한 절에 다닌다고 했다. 그러면서 신장암으로 수술을 받았고 자기 딸도 암에 걸려 자기보다 먼저 세상을 떠났노라고 이야기하는데 어찌나 마음이 아프던지. 뭐라고 위로하고 싶은데 적당한 말이 떠오르질 않았다. 왜냐하면 주님을 안 믿고 세상을 떠났으니 그 영혼의 고통이 짐작돼 뭐라 해줄 말이 없었던 것이다. 대신에 그 여성분에게 전도지를 쥐어주며 꼭 한 번만 읽어보라고 했더니 알겠다며 받아들었다. 전도하는 것을 사전에 차단하기 위해 자신의 종교를 묻지도 않았는데 피력하는 것을 보며 너무 강하게 다가가면 안 될 것 같아 전도지만 손에 쥐어주었다.

언제 또 인연이 되어서 다시 만나게 될지 모르지만 부디 그 영혼의 육신의 장막이 무너지기 전 꼭 예수그리스도를 영접하기를 바란다. 그래서 그 영혼만은 꼭 평강과 희락을 누릴 수 있기를 마음 속으로 간구하며 또 다른 사람에게 전도지를 건네니까 전도지를 받아들고 교회가 어디쯤이냐고 묻는다. 멀리서 이 지역으로 이사 왔는데 교회를 못 정했다고 그래서 전화번호를 교환하고 부활주일에 나오기로 약속하고 헤어졌다.

전도지를 나눠준다고 다 예수그리스도를 영접하고 교회 나오는 것은 아니지만 그 수많은 사람 중에서 한 영혼이라도 건지기를 기대하며 복음을 전하는 것이다.

고난주간이라고 아침 금식 5일을 작정하고 전도하며 보내고 있다. 많이 힘들지만 시작이 반이라고 이제 내일이면 마무리하는데 어찌하든지 주님의 부활의 능력과 권세가 세상 많은 사람들에게 임해서 사단 마귀에게 묶였던 흉악의 결박이 끊어지길 바란다. 그리고 그들이 주께로 나와 모든 것이 자유케 되는 역사가 임하길 간절히 소망해본다.

2021년 4월 2일

주의 종이란 멍에를 메고 가는 길이 힘들고 버거워서 때로는 벗어 버리고 싶을 때도 있었지요. 그런데 오늘은 주의 종이어서 다행이다는 생각이 드는 날입니다.

　왜냐구요? 주님의 넓고 깊은 사랑을 보았기 때문입니다.

　연약하고 무능한 종이지만 누군가에게 소망을 심어주고 한 자락 의지가 되어주기 위해 아브라함처럼 주님께 매달리며 때로는 눈물로 간구하고 때로는 나름의 당위성을 주장하며 부르짖었습니다. 그때 외면하지 않으시고 들어주신 주님의 사랑을 보았기 때문입니다.

　기도라는 이름으로 소통의 창을 열어놓으시고 기도라는 이름으로 주님 앞에 가까이 오게 하시며 그렇게 사랑을 주길 원하시는 주님의 마음을 보았기 때문입니다.

　주님!

　감사하다는 말보다 더 좋은 말은 없을까요?

　이 세상에서 가장 아름다운 언어로 주님께서 베풀어 주신 그 크고 놀라운 사랑과 은혜를 송 축하고 싶은데 정말 없을까요?

　주님께서 사랑하는 정 목사님 살려주셔서 감사합니다.

막무가내로 어린아이처럼 떼쓰며 매달릴 때 두려움보다는 주님의 하실 일을 기대하는 마음 주신 순간 저는 알았습니다.

주님이 모든 것을 물밑작업을 통해 예비하셨다는 것을요. 잉태케 하시는 분도 주님이시고 해산케 하시는 분도 주님이시기에 모든 과정 잘 마무리 해주시고 주님이 허락하신 목장으로 정 목사님 속히 인도하셔서 맡겨주신 양의 무리 믿음과 사랑으로 잘 갈무리하게 하실 거라는 사실을요.

감사합니다. 그리고 사랑합니다. 주님!

더 좋은 말로 주님의 사랑과 은혜를 표현하고 싶은데 이 말밖에 생각이 안 나네요. 오늘은 주의 종이어서 정말 다행이고 기도할 수 있어서 참 다행이라는 생각이 드는 밤입니다~!

2021년 5월 15일

하나님 아버지! 오늘은 정말 고맙고 감사한 날입니다.
그동안 마음 졸이며 얼마나 중보하고 간구했는지요.

우리의 기도를 결코 외면하지 않으시고 들으시는 주님의 한없는 사랑을 오늘 다시 한번 확인하면서 눈물이 나네요.

우리 정성훈 목사 수술 결과 좋게 나오고 이제 회복되기만 하면 되니 그동안 고생하며 잘 견뎌준 목사님도 고맙고 모든 영광 주님께 돌립니다.

그동안 저뿐 아니라 목사님을 아는 많은 분들이 기도했을 것입니다. 그 분들 모두에게도 참 감사하다고 말하고 싶고요, 모든 면으로 힘든 이때에 모든 성도들이 마음을 합하여 기도하면서 주님과 함께 삶의 자리에서 날마다 아름다운 기적을 만들어갔으면 좋겠습니다.

그리하여 하나님 살아계심을 증거하고 하나님 주권을 인정할 때 주님은 더욱더 인생들을 위하여 아름다운 물밑작업을 통해 밝고 평화로운 세상을 만들어 가시겠지요.

믿음의 주요, 온전케 하시는 예수그리스도를 의뢰하고 바라보는 자마다 축복이 임할지어다! 아멘. 주님 감사합니다!!!

2021년 5월 21일

세월이 어찌 그렇게 화살처럼 빨리도 날아가는지. 연두색 여린 나뭇잎들은 어느새 진초록 큰 잎새를 드리우고 서있는 모습을 보면서 사람도 저렇게 성장하고 변해가면 어떻게 될까 싶은 생각이 든다.

지금 이 순간 세상에 질병으로 고통받는 자들이 초여름 무성한 나무들처럼 싱싱하고 힘있게 회복되기를 간절히 바라본다.

선양교회 정 목사님도 변형된 코로나 바이러스로부터 속히 회복되어 강건하시기를. 우리 동기 정 목사님도 수술한 부위가 빨리 완치되어 목양지로 복귀하시기를.

산과 들에 꿋꿋이 서서 잎새를 드리우고 성장과 변화를 도모하는 이름 모를 나무들도 변화와 성장통이 있으리라. 외형적으로 보여지는 것이 다가 아닌 그 어떤 아픔이 있으리라. 하지만 그 힘겨움의 자양분은 탐스럽고 아름다운 열매가 되겠지.

지금 이 순간에도 병마와 싸우고 있는 환우 여러분 힘내십시오!

그 힘겨움은 인생의 또 다른 열매를 맺기 위한 잠시의 성장통일 겁니다.

2021년 5월 26일

오늘도 하루가 저물어간다.
외모도 다르고 성격도 다르듯이 각자 살아가는 삶의 패턴도 다르다.

모두에게 공평하게 주어진 시간 속에서 어김없이 찾아온 어둠은 오늘을 만들어놓고 또 내일을 낳기 위해 부산하다.

한 날이 천 날 같고 천 날이 한 날 같다는 천상의 시간표는 지금 어디쯤 머물고 있는지.

육으로 태어나 이 땅을 차지하고 하늘을 지붕 삼고 땅을 요람 삼아 때로는 삶의 비바람에 채이고 눈보라에 휘감겨 견뎌내기 힘든 고통에 몸부림쳐도 시간은 천연덕스럽게 지나가고 또 다시 다가와 상처를 어루만져 무심한 시간을 견뎌낸 투박한 가슴으로 맞이하는 것이 인생이런가.

비가 내린다. 봄비도 여름비도 아닌 비가 추적추적 많이도 적지도 않은 양으로 내린다. 메마른 대지를 적셔 달래고 갈급한 자연 만물의 목을 축이듯 아프고 고독한 영혼도 적시어라.

2021년 6월 3일

나는 밥 짓는 사람이다.

주님의 생수로 쌀을 씻고 갖가지 필요한 것들을 넣어서 어떻게 하면 성도의 영혼의 살을 찌우고 육을 강건하게 할까 늘 고민하며 오늘도 나는 밥을 짓는다.

말씀으로 주재료를 삼고
은혜로 간을 맞추고
성령의 감동으로 뜸을 들여서
믿음의 어린 자들부터 성숙한 자들까지 다 먹고 충분히 소화할 수 있도록 밥을 짓는다.

믿음의 성장과 성숙을 기대하며
세상 유혹에 넘어지지 않도록
고난과 시련을 능히 견디고 인내하도록
기도로 날마다 영양분을 공급하며 나는 오늘도 밥을 짓는다.

사람이 **빵**으로만 살 수 없고

하나님의 입에서 나오는 말씀으로 살아야 한다고 주님이 말씀하신 것처럼

육신만을 살찌우는 먹거리야 세상에 널리고 널렸지만

육신의 양식만으론 영혼의 갈급함과 허기를 채울 수 없기에

내 양을 먹이라고 부탁하신 주님의 말씀을 가슴에 새기고

오늘도 나는 밥을 짓는다.

2021년 6월 4일

토기장이이신 주님의 손에
만들어진 우리는 질그릇이라 했던가요
그 질그릇 안에 무엇을 담고 싶으신가요

영원히 빛나는 천상의 보배를 담고 싶으신가요
아니면 세상의 고난의 눈물을 담고 싶으신가요
진주가 영롱하게 빛나는 것은 눈물로 삼켜낸 연단의 흔적이라 했던가요

그저 투박하고 못생긴 질그릇이고 싶어요
영롱한 진주도 영원히 빛나는 천상의 보배도 아닌
투박하고 못생긴 질그릇이고 싶어요

그리고 그 안에 보배이신 주님을 담고 싶어요
오직 주님만이 보배이고 주님만이 귀하고 주님만이 빛나도록

못나고 투박한 질그릇인 우리를 위해
얼마나 아팠던가요
얼마나 오래 견디셨나요
얼마나 많은 땀과 피를 흘리시고
얼마나 대속의 고통으로 몸부림 치셨던가요

이제 투박하고 못나도
보배를 담아낼 수 있게 믿음으로 단련되고 다듬어진
질그릇은

향기로운 보배를 품어내기에
아름다운 빛을 발하기에
알맞은 질그릇이 되었사오니
장미같이 화려한 꽃도 담지 마시고
산해진미 진수성찬 향기로운 먹거리도 담지 마시고
자색 고운 비단 실크도 담지 마시고

영원히 빛날 생명의 생기 가득 담고
영원히 기억될 성부 성자 성령의 이름으로
믿음 축복 사랑 가득 담아

주님 오실 그날까지
주님 만날 그날까지

빛을 발하게 하소서
향기 나게 하소서

2021년 6월 5일

집으로 가는 길목에 뽕나무가 있다.

크기로 봐서 꽤 나이가 먹은 듯한 뽕나무는 여름이면 먹음직한 오디 열매를 무수히 쏟아낸다. 길 바닥이 까매지도록 말이다. 그래도 그것 하나 주워 먹을 수도 없다. 좁은 길이지만 차가 수없이 지나다니기 때문이다.

그렇다고 나무에 달린 오디를 따먹을 수도 없다. 키가 너무 높아서이다.

어느 날 젊은 아낙네들이 종이컵을 가지고 땅에 떨어진 오디를 줍고 있었다. 자녀인 듯한 꼬마들과 함께. 아마도 위생을 따지기 전에 튼실하고 먹음직한 오디 열매가 땅에 떨어져 뒹구는 것이 못내 아까웠으리라.

나도 그런 생각을 한 적이 있었다.

찻길이 아니면 멍석이라도 깔아서 무수히 쏟아지는 오디 열매를 거두면 좋겠다고. 새들을 불러 모으는 재주가 있다면 불러모아 맛있는 오디 열매를 먹였음 좋겠다고. 길 고양들이 와서 달콤한 오디 열매로 허기진 배를 채웠음 좋겠다고.

그러다 문득 저 뽕나무는 그 옛날 뽕나무의 전설을 알고 있을까.

유대 지역 여리고라는 마을에 삭개오라는 남정네가 그토록 주님을 사모해 단신(短身)을 속상해하며 뽕나무에 올랐다는 사연을. 그리고 마침내 그 수많은 인파를 헤치고 주님을 만났다는 사실을. 삭개오를 바라보시던 주님의 눈빛이 섬광처럼 빛날 때 삭개오는 속절없이 자신의 속내를 고백할 수 밖에 없었다는 사실을.

어쩌면 그 귀한 전설을 고이고이 간직하기 위해 그 누구에게도 함부로 나뭇 자리를 내어주고 싶지 않았으려나. 오디 열매를 그렇게 무수히 쏟아낼 망정 삭개오가 아닌 다른 사람은 결코 허락할 수 없어 저렇게 시간을 거슬러 웃자라 버렸으려나.

치기 어린 생각을 되뇌이며 바라보는 뽕나무는 오늘도 그렇게 오디 열매를 우르르 땅에다 쏟아내고는 천연덕스럽게 하늘을 보고 서있다.

이래 봬도 나는 아름다운 전설을 가진 꽤 멋지고 괜찮은 나무라고.

2021년 6월 7일

6월이니까 초여름이겠지. 그런데 오늘 낮 온도는 완전히 한여름이었다.

그래서인지 깊어가는 이 밤에는 소나기가 주룩주룩 내리고 있다.

마음이 좀 시원해지는 느낌이다.


창문까지 열어놓고 빗소리를 듣는다.

끝날 줄 모르는 갱년기 때문인지 늘 잠을 못 자고 늦은 밤까지 뒤척인다. 그러다 보니 스마트폰으로 뉴스는 다 찾아보게 되고 이런저런 사람 사는 이야기도 듣게 된다.

그러다 문득 주님을 향해 무언의 바람이 스치운다.


주룩주룩 쏟아지는 저 소나기가 성령의 이른 비와 늦은 비가 되어 지금 이 순간에도 병고와 질고로 아파하고 힘들어 하는 사람들에게 치료와 회복의 은택이 입혀지기를. 형통의 축복으로 적시우기를. 그래서 언젠가 다시 만날 때 환하고 평안한 미소로 마주할 수 있기를.

오늘 밤은 대지를 힘차게 두드리며 적시는 저 빗소리가 왠지 희망의 소리로 들린다.

2021년 6월 10일

어제 교회 18주년 창립기념 예배를 드렸다.

그동안 참 인생의 애환을 많이 겪으며 살아왔다. 그것들이 지금 주마등처럼 스쳐 지나간다. 연로하신 집사님들 마지막 가시는 길도 많이 배웅했고 그중에는 참 평안하게 마지막 이생과의 이별을 준비하시는 것을 보면서 은혜도 받았다.

그렇게 흘러간 세월이 열여덟 해다. 아마도 내가 세상일을 그렇게 했다면 그 세월을 못 견뎌냈을 것 같다. 오직 사명감과 책임 하나로 버텨낸 세월에 비해 열매가 적은 것 같아 주님 앞에 부끄럽고 죄송하다.

그런데 내 맘대로 안 되는 것이 목회인 걸 어쩌랴. 그래도 우리 성도들 바르게 살려고 애쓰며 최선을 다하는 것으로 위안을 삼는다. 주님 오시는 그날 아니 주님 앞에 서는 그날 우리 성도들 한 사람도 낙오자 없이 천국 갈 수 있다면 무엇을 더 바라랴.

주님!
이 못나고 부족한 종을 그동안 참아주시고 봐주셔서 감사합니다. 그리고 사랑합니다!!!

2021년 6월 21일

코로나 때문에 공간을 더 확보해야 하기에 부득이 유아실을 철거하기로 했다. 막상 시작하고 보니 먼지에 더위에 최 안수집사님과 안 집사님의 옷이 땀으로 다 젖어가면서 애쓰는 걸 보니 미안하기도 하고 고맙기도 하다.

성도들이 잠깐 짬을 내서 조금씩만 거들어도 아니 수고한다고 전화라도 하고 시원한 음료수라도 사가지고 와서 격려해준다면 참 좋을 텐데 다들 관심이 없는 듯하다. 나만 애가 타서 날마다 쫓아다니고 힘으로 도와줄 순 없으니 그저 먼지 나는 한쪽 구석에서 간절히 기도를 한다.

더운데 짜증도 나고 힘은 들고 땀은 쏟아지고 먼지는 쉴 새 없이 일어나고... 잠깐 서로의 생각이 맞지 않아 트러블이 생겨서 달려가 달래고 위로한다.

교회 공간이 80평 정도지만 중간에 큰 기둥이 두 개가 있다 보니까 그리 넓어 보이지 않는다. 그래서 유아실을 철거하고 공사중인데 주일 전에 마무리가 돼야 하는데 걱정이다.

나도 모르게 작업하는 집사님들을 향해 브살렐과 오홀리압 같이 지혜로운 마음과 총명을 주셔서 비록 일부분이지만 정교하고 아름답게 잘 마무리하게 해주시라고 그래서 주일 예배드리는데 지장이 없도록 간절한 기도를 드린다.

옷이 다 땀으로 젖어가며 고생한 안 집사님과 최 안수집사님에게 주님의 특별한 은총과 상급이 허락되기를 주님의 이름으로 축복하고 또 축복한다.

2021년 6월 25일

이번주 내내 교회 부분 공사하느라 수요, 금요예배를 부득이 쉴 수 밖에 없었다. 시간상으로는 한 주 내내 여유가 있는 거 같아도 마음으로는 오히려 신경쓰느라 여유가 없다. 그런데 취업준비를 거의 끝내고 있는 막내가 엄마 어디 잠깐 바람이라도 쐬워준다고 가고 싶은 곳 없냐고 묻는다.

　어딜 돌아다녀 봤어야 가고 싶은 데도 있지. 땅두더지마냥 집 교회 어쩌다 생활용품 사러 마트 가는 게 전부인지라... 그래도 요즘은 주일예배를 대예배 한 번 밖에 못 드리니까 가까운 근교에 가서 권사님들과 차라도 한잔 하기도 한다.

　이제 취업하면 시간도 안 나고 결혼도 계획하고 있으니까 목회하느라 활동 반경이 좁은 엄마를 위해 배려하고 헤아리는 마음을 왜 모를까마는 공사를 벌여놓고 어디 마음 편히 내 시간을 보낼 수 있나. 그렇게 쫓아다니다 보니 오늘이 벌써 금요일이다.

　오늘까지는 마무리가 되어야 하는데 조급한 마음이 든다.

　그래서 내일은 청소를 해야 하는데... 마음 놓고 가족하고 드라이브 한번 가는 것도 쉽지 않다. 그렇다고 목회를 잘하지도 못하면서.

　그래도 최선을 다하고 싶은 마음을 주님은 아시겠지.

　날이 밝았으니 또 교회를 가봐야겠다. 모든 것을 아시는 성령님이 오늘 하루를 인도하셔서 아름답고 정교하게 마무리 해주시리라. 수고하는 우리 집사님들의 마음과 손길을 통해서~

2021년 6월 25일-2

어제는 이른 아침부터 저녁 늦게까지 교회에 가서 유아실을 없애고 성전 확장하는 공사를 도왔다.

부족하지만 최선을 다해 할 수 있는 일을 도우며 일하다 보니 손가락에 물집이 생기고 터져서 피가 나고 난리가 아니다. 오늘도 몸은 천근만근 무겁고 피곤하지만 마무리 작업을 확인하기 위해 집을 나섰다.

늘 느끼는 거지만 이상하게 교회일은 아무리 힘들어도 마음은 즐겁고 기쁘게 할 수가 있다. 목사라서 그럴까? 타고난 운명인가?

두 분의 집사님들이 일주일간 구슬땀을 흘리며 애쓴 보람으로 거의 다 마무리가 되어 내일 주일예배를 드릴 수 있게 되었다. 대청소를 한다고 도움을 요청했더니 택시를 타고 달려온 예은이 서훈이가 고맙고 대견하다. 집사님들 수고하시는데 한 끼 식사라도 하시라고 식사비를 보내준 집사님, 성전 청소를 15년간 도맡아 헌신하시는 여선교회장님 그리고 진아에게도 감사하다.

누가 시켜서 하는가? 마음에서 우러나 주님의 몸된 성전을 귀하게 여기고 주님 사랑하는 마음만큼 정성을 쏟고 충성하는 성도님들이 있기에 난 오늘도 목회하는데 보람을 느낀다. 목회자로서 한 영혼이라도 더 믿음에 세워 생명의 길로 인도하고자 또 한 번 다짐해본다.

2021년 6월 26일

약 6년 전에 있었던 일이다.

아직도 세상 가운데 믿음을 버리고 방황하고 있다면 이 이야기를 읽고 한 번쯤 자신의 모습을 돌아보길 바라면서 다시 6년 전으로 돌아가 그때의 일을 추억해 보고자 한다.

우리 교회 한 남자 집사님이 계셨다. 그때 그 집사님의 연세가 87세 정도였는데 우리 교회를 다니며 신앙생활 하신 지가 약 7년쯤 되었던 때다.

갑자기 성전에 들어오시더니 성전 바닥에 무릎을 꿇고 주님을 부르며 흐느껴 우시는 것이었다. 그러면서 하시는 말씀이 "주님! 저 앞으로 어떻게 살아요? 기초 수급비가 끊어졌어요." 였다.

그래서 옆에서 듣고 있던 내가 "집사님 뭘 걱정을 하세요. 아무려면 주님이 집사님 굶기시겠어요? 그리고 교회도 있는데 걱정하지 마시고 힘내세요."

그러자 일어나셔서 예배를 드리고 집으로 돌아가셨는데 그 다음 주에 교회를 안 나오셨다.

그래서 전도사님, 권사님과 함께 주일예배를 마치고 그 집사님 댁으로 심방을 갔는데 어디가 편찮으신지 누워계셨다. 그러시더니 일어나서 봉투 하나를 내미시면서 하시는 말씀. "목사님, 이거 오백 만원인데 그동안 수급비 나오는 거 아껴 쓰고 모은 돈입니다.”

"목사님 밖에 믿을 사람이 없어서 목사님께 맡기는 것이니 저 죽거들랑 장례 비용으로 써주세요.”

나는 당황해서 "집사님이 왜 돌아가십니까? 힘내시고 일어나셔야지요!” 하니 "아닙니다. 저는 이제 못 일어날 것 같습니다.”

그리고 그 이튿날 병원에 입원을 하셨는데 폐암 진단이 나왔다는 것이다. 자녀가 오남매나 되는데 오랫동안 왕래가 끊겨 독거노인으로 살아오셨다. 자녀들의 연락처는 다행히 알고 계셨다. 그래서 내가 일일이 연락을 취해서 아무리 부모 노릇을 못 했다 해도 마지막 가시는 길은 지키는 것이 자식의 도리 아니겠냐고 하니까 다들 수긍하며 모였다.

병원에 입원한 지 한 달 만에 요양 병원으로 모셔갔는데 가신 지 일주일 되던 어느 주일에 예배를 마치고 오후 성경공부를 준비하려고 하는데 성령님의 세미한 음성이 들려왔다.

"애야, 요양원에 있는 그 집사한테 가봐라. 그가 갈 시간이 다 됐으니 가서 마지막 인사를 하고 기도해주고 오너라.”

그래서 오후 성경공부를 미루고 교회 성도들과 함께 차를 타고 그 집사님이 계신 요양원으로 달려갔다.

그 집사님에게 다가가서 조심스럽게 이렇게 물었다.

"집사님, 주님께서 그러시는데 집사님이 이제 가실 시간이 임박했다는데 떠날 준비 됐습니까? 두렵지 않으십니까?" 하고 물으니 "목사님, 저 갈 준비 됐습니다. 하나도 두렵지 않아요. 마음이 평안해요." 하시는 것이었다. 그래서 장례비에 쓰라고 맡기신 돈 이야기도 했다.

"집사님, 이제 자녀들도 다 연락이 되어 집사님 마지막 가시는 길을 준비하고 있으니 이 돈은 장남인 큰 아드님에게 줄 테니까 그리 아십시오. 큰 아드님이 이혼하고 오갈 데도 없다 하니 다시 재기하는데 유용하게 쓸 수 있도록 주겠습니다." 했더니 그러라고 하시면서 그동안 참 감사했다고 웃으며 인사를 하시기에 두 손을 꼭 잡고 마지막 축복기도를 해드렸다. 천국에서 다시 만나자고 마지막 인사를 나누었다.

그리고 밖으로 나와 큰아들을 불러 아버지의 뜻을 전하고 확인서를 받고 오백 만원을 건네주었다. 그리고 당부의 말을 곁들였다.

적다면 적고 크다면 큰돈이라고 할 수 있는데 그 돈으로 아버지의 마음을 생각해서 재기하는데 유용하게 사용하고 장례비는 형제들끼리 마음을 모아 잘 치루라고. 오늘 밤을 못 넘기고 집사님이 소천하실 것 같으니 병실 비우지 말고 소천하시면 연락하라고.

돌아왔는데 그날 밤 새벽 두 시에 소천하셨다고 연락이 왔다. 장례 절차에 따라 예배를 드리고 마무리를 했는데 6년이 지난 지금도 가끔 생각이 난다.

이렇게 목회를 하면서 특히 연로하신 성도님들 마지막 배웅을 하면서 절실하게 깨닫게 되는 것은 인간의 생사화복의 절대 주권은 하나님께 있다는 사실이다. 그러므로 우리에게 주어진 한 날 한 날을 진실되고 성실하게 믿음으로 살아내야 한다는 것이다.

시간은 기다려 주지 않는다. 다만 화살보다 더 빠르게 날아가는 시간 속에 우리가 머뭇거릴 뿐이다. 언젠가 그 시간이 멈추고 우리의 인생도 정지되는 그 순간에 가장 먼저 생각하는 건 내 삶의 과정들이고 그 과정에 대한 결과일 것이다. 콩 심은데 콩 나고 팥 심은데 팥 나는 것은 창조주이신 하나님의 섭리이다. 그 섭리를 누가 바꿀 것인가.

선을 심으면 선의 열매를 거둘 것이고, 악으로 심으면 악의 열매를 거두게 될 것이다. 늦기 전에 자신의 인생의 과정을 돌아보는 지혜로운 깨달음이 있기를 천국을 소망하는 목회자로서 사람들을 위한 간절한 바람이다.

2021년 6월 27일

한 이틀 전에 약 20년 만에 부산이라는 곳을 다녀왔다. 세월의 간격치고는 그다지 많이 변한 것 같지는 않았다. 생선 비린내로 가득한 자갈치 시장도 여전했고 어수선한 부둣가 분위기도 그대로였다.

약 6시간을 달려 운전한 막내가 당일치기로 다녀오는 건 무리라고 해서 조그맣고 아담한 호텔을 예약해서 하룻밤 묵고 아침 일찍 일어나 호텔에서 제공하는 조식을 먹고는 곧바로 또 출발해야 했다.

내가 사는 우리 교회가 있는 경기도 광주를 향해. 왜냐하면 주일예배를 준비하기 위해서다. 며칠 전 주님께서 꿈으로 계시를 주셨는데 그 계시가 그대로 현실로 이어져서 예기치 않은 부산행을 하게 되었던 것이다. 그리고 그곳에서 작은 예수를 보았다.

팔순을 넘긴 나이 임에도 몸이 무겁고 정신도 희미한 배우자를 무릎을 꿇고 발을 씻기고 수건으로 젖은 발을 닦아 방으로 들여보내는 그 모습을 보면서, 자신의 발도 깨끗이 씻고 들어와 무릎 꿇고 축복기도를 받고자 준비하는 모습을 보면서 이제 연륜으로도 믿음의 모습으로도 천국에 멀지 않았다는 생각이 들었다.

　자신들은 정말 남루하게 살면서도 기꺼이 적지 않은 물질을 주님께 올려드릴 수 있는 그 마음의 헌신을 주님은 이미 받으셨을 것이다. 삶의 자리에서 날마다 작은 예수가 되어 하나님 사랑과 이웃 사랑을 실천하고 사는 그들 노부부 집사님들을 보면서 그 앞에 서 있는 내 자신이 그 날따라 왜 그렇게 작아지는지.

　사랑을 실천하는 것이야말로 주님이 원하시는 진정한 믿음인 것을 그들을 보면서 다시 한번 깨달았다. 나의 목회를 돌아보며 많은 것을 생각한 부산 선교 여행이었던 것 같다.

2021년 7월 4일

주님!
순종이 제사보다 낫다고 말씀하셨던가요? 아니 분명 그렇게 말씀하셨지요!!!

그런데 점점 성도들이 현실의 상황 앞에 믿음을 뒤로 한 채 적당히 타협을 합니다. 이것이 목회자의 한 사람으로서 코로나보다 델타변이보다 더 무섭고 두렵습니다.

시대를 분별하고 영적으로 깨어 있어야 하는데, 경건의 모양이 아닌 능력을 소유해야 하는데 차지도 뜨겁지도 않은 형식적인 신앙으로 세월만 천연하는 성도들로 인해 수없이 마음이 무너져 내리는 요즘입니다.

주님! 습관처럼 발걸음을 옮겨 교회에 가서 무릎 꿇고 엎드려 성도 한 사람, 한 사람을 위해 중보하며 간구할 때에 어느새 그 간구는 눈물이 되어 흐릅니다. 주님을 사랑하지 아니하고는 갈 수 없는 이 길을 사명감 하나로 버텨내며 달려온 세월이 어느덧 십 년이 두 번 지나는 시간을 만들어 갑니다. 문득 오늘은 그런 생각이 들었습니다. 내가 세상 사업을 했다면 진즉에 두 손 두 발 다 들고 포기했을 거라고 말이죠.

그런데 그럴 수 없었지요.

주님의 십자가의 희생과 은혜를 생각하면 무조건 순종하고 맡겨진 사명을 감당해야 하는 것이 옳은 길이요 도리임을 알고 있기에 힘들어도 여기까지 올 수가 있었던 것이지요.

목회를 하면서 늘 저의 소원은 많든 적든 저에게 맡겨진 성도들 한 사람도 낙오자 없이 주님 앞에 세우는 것이었습니다.

주님!

제가 부족하고 연약하지만 주님께 받은 사명을 끝까지 감당할 수 있는 힘을 주시옵소서! 그리고 우리 성도들이 언제 어디서나 주님 앞에 부끄럽지 않게 주님 목전의식을 가지고 주님을 경외하고 사랑하는 믿음을 가지고 행하게 하옵소서!

환난의 비바람이 몰아치고 역경의 눈보라가 몰아쳐도 신앙의 뿌리를 다지는 과정이라 생각하고 믿음으로 인내하게 하옵소서. 영적 분별력을 주셔서 지혜롭게 대처하게 하옵소서!

주님을 사랑합니다~!

2021년 7월 15일

코로나 방역 4단계 돌입으로 인해 2주동안 실시간 영상 예배를 드리기 위해 청년부에서 필요한 기기를 사고 열심히 준비하는 모습을 보면서 참 대견하고 기특하기도 했지만, 한편으로는 비대면 예배를 드린다는 사실이 너무나 마음을 아프게 한다.

신령과 진정으로 드려져야 할 예배가, 마음으로 소통하고 공감해야 될 예배가 현대 문화의 산물인 영상으로 드려야 한다는 현실 앞에서 무언가 괴리감이 들고 공간과 심연의 격세지감이 밀려드는 건 나 혼자만의 생각일까.

하루빨리 2주라는 시간이 지나고 일상도 회복되고 예배가 회복돼야 할 텐데. 밤은 깊어 가는데 수많은 생각으로 머릿속이 어수선하다.

이럴 때일수록 우리는 상황과 결부시켜 타협하는 식의 합리화를 경계하고 진실된 마음의 예배를 드려야 할 것이다. 언제나 주님은 믿음으로 다져진 마음 길을 통해 우리 가운데 오시니까. 그래서 주님은 외형을 보지 않으시고 중심 곧, 마음을 보신다는 것이다.

한 번쯤은 세상 것으로 가득 채워진 마음의 모든 것들을 비워내고 광야에 서 있는 마음으로 그 비워진 여백 속에 나만의 믿음의 카타콤을 만들어 보는 것은 어떨까? 그리고 믿음의 선진들의 마음과 신앙의 발자취를 그려보는 것은 어떨까?

2021년 7월 15일-2

엊그제만 해도 밤꽃이 갈래갈래 하얗게 피었었는데 어느새 밤송이가 맺혔네.

자연의 섭리는 참 신비하고 놀라워라.

밤새 일곱 난장이가 나와서 민첩하게 움직이며 가지가지마다 밤송이를 방울방울 매달아 놓았나. 아님 바람이 자나가다 몽글몽글 회오리치며 밤송이를 만들었나.

아니야. 아니야. 하나님의 섭리대로 밤마다 밤나무는 우드득 탁탁 거리며 뿌리로부터 양분과 수액을 틀어 올려 열심히 동글동글 밤송이를 만들었을 거야.

대견하고 기특하기도 해라.

하나님의 섭리대로 순종하는 모습이 아름답고 그 삶이 축복이어라.

그 옛날 아담과 하와가 순종이 순리이고 축복임을 알았다면 우린 지금 굳이 몸부림치지 않아도 때가 되면 열매 맺고 향기 나는 "보시기에 좋았더라."의 삶으로 *토브! 토브! 노래하며 더 아름다운 세상을 만들어갔을 것을.

다시금 마음을 다잡고 간절히 주님께 간구하옵기는 순리에 순응하는 법을 배우게 하소서. 밝은 혜안과 심연의 여백 위에 은혜와 사랑의 그림을 그리며 감사할 줄 알며 원초의 그곳으로 돌아가게 하옵소서!

*토브 : 히브리어로 좋은, 선한, 복된의 의미

2021년 7월 17일

쉽사리 잠들지 못하는 예민한 신경을 뒤로한 채 잠시 십자가의 모양에 대해 묵상해본다.

십자가의 형상은 크리스천이라면 다 아는 거지만 사랑이다. 수직으로는 하나님과 인간의 사랑, 수평으로는 인간과 인간의 사랑.

그 옛날 아담과 하와가 무너뜨린 사랑을 다시 회복하시고자 하나님의 독생성자 예수님은 성령의 생기를 입고서 이 땅에 육의 옷을 입으시고 어느 초라한 말 구유를 요람 삼아 오셨다. 그리고 33년의 짧은 생애를 철저하게 인간으로 사셨다. 인간의 모든 것을 체휼하며 하나 하나 죄악의 허물을 벗겨내셨다.

그리고 마침내 골고다 언덕 위 저주의 나무 십자가에 달리셨는데 그 모습을 본 사단 마귀는 손뼉 치며 자신이 이겼다고 쾌재를 불렀겠지만 십자가의 크고 놀라운 능력과 비밀의 역사를 준비하신 하나님의 계획을 어찌 천만 분의 일이라도 알 수 있었으리.

하나님을 향한 수직적인 사랑과 관계를 회복하고 인간과 인간이 서로 사랑하며 화목할 수 있는 유일한 방법이 십자가에 매달려 죽으시는 것임을. 그래서 주님은 가장 온전하고 완벽한 사랑을 회복

하시기 위해 십자가를 등에 지고 매달려 돌아가셨다는 사실을.

　　지금도 깨닫지 못하는 사단 마귀들은 이미 모든 싸움에서 완벽하게 패한 것도 모른 채 사방에서 공격하고 방해하지만 이미 완벽한 사랑을 완성하고 승리하신 주님의 십자가 앞에 머지않아 굴복하리. 마귀는 영원한 패잔병되어 나락으로 떨어질 날이 멀지 않았음으로 사랑하는 크리스천들이여! 다 같이 힘내어 일어섭시다!

　　십자가를 바라보고 승전가를 부르며 재림주요, 심판주로 오실 주님을 맞을 준비합시다!!!

2021년 7월 20일

지난 주도 이번 주도 성도들 보고 교회 가까운 성도들은 기도할 수 있는 시간에 와서 각자 기도로 수, 금 예배 시간을 주님께 드리라고 했다. 그리고 멀리 있는 성도들은 각 가정에서 주중 한 번이라도 수요예배든 금요예배든 드리라고 했다. 그런데 믿음으로 순종하는 자들이 있는가 하면 그렇게 하지 않은 사람들도 있었다.

그리고 나는 성도들의 믿음이 떨어지지 않기를 바라며 날마다 교회 가서 부르짖어 기도했다.

지금 수많은 교회들이 코로나 방역으로 대면 예배를 못 드리니까 실족한 성도들이 너무 많다 한다. 거기다가 작은 교회들은 재정의 위기로 인해 무너지고 있다. 이럴 때일수록 내 믿음 내가 지키고, 내 교회 내가 지킨다는 생각으로 더 교회에 관심을 갖고 더 견고한 믿음으로 세워져야 하는데 성도들은 그러지 못하고 있다.

주님께서 얼마나 안타깝고 슬퍼하실까.
주님의 십자가의 희생과 은혜를 생각한다면 결코 그렇게 할 수는 없을 것이다.

목회 사역의 기간과 연륜이 쌓여갈수록 두렵고 떨리는 마음으로 나는 주님 앞에 충성된 종인가? 질문하며 돌아보게 된다. 주님 앞에 서는 그날 잘했다 착하고 충성된 종이라 칭찬받을 수 있어야 하는데 쉼 없이 달려온 사역의 흔적은 날로 후패해지는 육신의 연약함 뿐이다. 속사람이라도 날로 강건하여 주님이 맡겨주신 사명의 짐 부여잡고 끝내 승리할 수 있어야 할 텐데 말이다.

삼복중이라 그런지 예전에 없던 폭염이 기승을 부리니까 조금만 움직여도 땀이 비같이 쏟아진다. 갱년기인지 뭔지는 왜 그리도 오래도록 따라붙어 힘들게 하는지. 그래도 지금까지 살아온 것도 버텨낸 것도 다 주님의 은혜이다. 가다 가다 보면 모든 짐 내려놓고 새털처럼 가볍게 날아가는 날도 오겠지.

부디 모든 성도들이 그리고 우리 교회 성도들이 상황에 타협하고 뒷걸음치지 않기를 바란다. 믿음을 지켜내기를 간구하고 간구할 뿐이다.

주님께서 모든 것을 지켜보시리라.

2021년 7월 21일

내가 사는 곳에서 도보로 약 4~5km 정도만 나가면 큰 공원이 있다.

가끔 한 번씩 운동 삼아 나가다 보면 욕심이 발동해서 타원형으로 되어 있는 공원 운동장을 세 바퀴 정도 돌게 되는데 거의 두 시간이 훌쩍 넘어버린다. 그러면 돌아오는 길이 얼마나 멀게 느껴지고 힘이 드는지 그럼에도 자꾸 가게 되는 것은 연세 드신 분들을 보며 도전을 받기 때문이다.

건강하게 살려는 사람들의 의지와 수많은 사람들의 활기 있는 모습을 보면서 나 역시도 아프지 않고 사는 날까진 건강하게 사역하며 살고 싶기에 삼복 더위 중에도 움직임에 대한 미련을 내려놓을 수가 없는 것이다.

오늘도 저녁 6시 30분쯤 집을 나섰다. 그런데 오늘따라 곧장 가지 않고 집주변을 돌아보고 싶은 생각에 둘레길을 돌아 빌라 타운으로 접어드는데 검은색의 중대형견이 무언가를 골똘히 생각하는 양 먼 산을 바라보며 우두커니 길 한가운데 앉아 있는 것이었다.

옆으로 지나치려니 혹시 물지 않을까 싶은 염려도 있었지만 왠지 앉아 있는 모습이 부자연스러워 조심스레 다가가 보니 앞다리가 한 개 밖에 없는 것이었다.

그러다 주인인 듯한 중년의 부부가 텃밭에서 채소를 뜯어 가지고 오면서 그 아이를 부르니까 얼른 일어나길래 주인보고 물었다. 왜 이 아이가 앞다리가 한 개 밖에 없느냐고.

그랬더니 어떤 못된 사람이 막대기로 때려서 다리를 끊어놨다고 누가 그랬는지 심증은 가는데 물증이 없어 잡지를 못하고 저렇게 된 지 일 년이 넘었다고 그 뒤로 사람을 무서워하고 저렇게 가끔씩면 산을 바라보며 앉아 있는다고.

그 이야기를 듣는데 왜 그리도 마음이 아픈지. 얼마나 마음이 악하고 모질면 산 동물을 저렇게 처참하게 만들 수 있는지.

아마도 자신의 앞다리를 그렇게 만들었던 그 아픈 기억으로 문득 문득 정신줄을 놓고 멍하니 앉아 있는 건지도 모르겠다.

동물 특히 애묘나 애완견을 키워보면 생명에 대한 참으로 소중한 가치를 알게 된다. 비록 언어로 소통할 수 없지만 바디랭귀지(Body Language)로 자신들의 생각을 표현한다. 그 모습을 보면서 말 못하는 동물이라고 해서 절대 함부로 해서는 안 된다는 생명의 가치와 사랑을 알게 되는 것이다.

태초에 하나님께서도 인간을 만물의 영장으로 지으시고 지구상에 존재하는 모든 살아있는 것들을 다스리라고 하셨다. 그 말씀은 함부로 생명을 해치고 인간에게만 주어진 지혜를 악용하여 타생물들을 괴롭히고 짓밟으라는 것이 결코 아니었다.

보호하고 사랑하라는 것이다.

오늘 밤은 운동으로 인해 많이 피곤함에도 유난히 그 애완견의 아픔이 마음 가득 밀려와 쉽게 잠 못 들고 뒤척이는 밤이다.

2021년 7월 25일

낳아서 기르고 뒷바라지 하는데 29년이 걸렸다. 막내가 해외에서 돌아온 후 처음으로 직장에 취업을 해서 오늘 첫 출근을 했다.

저도 그랬겠지만 나 또한 감회가 새로워서 밤잠을 설치기도 했고 눈물이 나기도 했다. 크고 작은 일 앞에서 금식하며 말씀 붙들고 기도하며 자신의 인생을 열어나가는 것이 참 미덥고 대견했다.

이번에 여기저기 IT 회사에 서류를 넣고 면접을 기다리면서도 한 끼 금식을 하며 기도했다. 그 기대에 어긋나지 않게 주님이 인도하셔서 얼마나 감사하고 또 감사한지 하나님은 참으로 섬세하신 분이다. 우리의 머리카락 하나하나 다 세시고 우리의 작은 신음에도 귀 기울이시는 분인데 어찌 장, 단점 또한 모르시리.

할 수 있거든이 무슨 말이냐 믿는 자에게는 능치 못함이 없다고 하시고 야훼께 능치 못할 일이 있겠느냐고 하신 것처럼 주 안에서는 능치 못함이 없는 것이다.

다니엘과 함께하시고 높여 주신 그 하나님, 요셉을 들어 사용하신 그 하나님이 지금 우리가 믿는 하나님이시다. 그리고 그 하나님은 지금 이 순간에도 살아 계신다. 그분을 의뢰하는 자를 결코 실망시키지 않으시는 분이시다.

그분을 우리는 좋으신 하나님, 전능하신 하나님이라고 부른다.

2021년 8월 2일

요즘 날씨가 더워도 너무 덥다.

절기상으로는 내일이 입추(立秋)라고 하는데 여름 폭염이 식으려면 아마도 한 달은 더 있어야 할 것 같다. 여름 땡볕이 있어야 산과 들에 있는 열매들이 야무지게 알곡으로 영글어 갈 테니까 말이다.

도시도 아니고 그렇다고 아주 시골도 아닌 곳에 살다보니 주택 사이로 듬성듬성 자리하고 있는 밭들을 볼 수 있다. 그 밭에 심겨진 호박이라든가 콩이라든가 고추라든가 이런 것들을 보면서 자연의 섭리를 깨닫게 된다. 물론 사람의 손길에 의해 심겨졌지만 한 치의 오차도 없이 제 몫을 다해간다.

한낮엔 열기를 견디지 못해 고개 숙이고 있다가도 해가 진 저녁 나절이면 언제 그랬냐는 듯이 고개를 들고 씩씩하게 웃고 있다.

하나님의 손에 이 땅에 심겨진 사람들도 자연의 섭리를 보면서 그 자연에게서 순응하는 법을 배워야 하지 않을까? 폭염에다 코로나에다 가중되는 무게에 허리가 휘지만 이 또한 지나가지 않겠는가?

어떤 제자가 늘 불평과 원망을 입에 달고 사니까 그 스승이 하루는 제자에게 작은 그릇을 하나 가셔오라 하고 거기다 소금을 한 스푼 집어 넣으라고 했다. 그리고는 그 제자에게 마시라고 했다. 그리고 물었다.

"맛이 어떠냐?"

"짭니다!"

이번에는 마을 앞에 있는 큰 호수로 데리고 가서 거기다가 똑같이 소금 한 스푼을 넣으라고 했다. 그리고 그 물을 떠서 마셔보라고 했다. 그리고 물었다.

"맛이 어떠냐?"

"안 짭니다."

"그래 주위 환경이 아무리 힘들고 어렵다 해도 모든 것은 마음먹기에 달렸단다. 마음에 여유를 가지고 너그러운 마음으로 수용하다 보면 고통도 없는 듯이 지나갈 것이고 조급한 마음으로 원망하고 불평하면 그 고통은 배로 커지는 것이다. 이래도 앞으로 늘 불평하고 원망하며 살겠느냐?"

"잘못했습니다. 스승님. 앞으로는 긍정적이고 넓은 마음을 가지고 살겠습니다."

무릇 지킬만한 것보다 더욱 네 마음을 지키라 생명의 근원이 이에서 남이니라(잠 4:23)

2021년 8월 6일

오늘이 절기상으로 입추라고 하는데 이렇게 정확할 수가~! 참 하나님의 정하신 자연의 섭리 그리고 질서가 이렇게 한 치의 오차도 없이 진행되는 것을 보면서 다시 한번 감탄하지 않을 수가 없다.

하루 전까지만 해도 그렇게 무더워 하루종일 선풍기를 돌리고 지냈는데 어젯밤부터 선선해지면서 새벽에는 선풍기를 끄고 얇은 이불을 덮었다.

아무도 몰래 찾아온 가을은 이렇게 조용히 여름이 물러가기까지 기다려 줄 것이다. 왜냐하면 아직 여름이 할 일이 남아있기 때문이다. 산과 들에 널려있는 열매와 곡식들이 제 몫을 다하며 튼실한 알곡으로 갈무리 할 때까지 여름의 땡볕이 꼭 필요하기 때문이다.

가을은 그렇게 조용히 있는 듯 없는 듯 여름이 할 일을 마무리 할 때까지 채근하지 않고 기다려 줄 것이다. 기다림의 미학을 알고 있는 가을은 그렇게 무심히 기다리다 서서히 다가올 것이다. 그리고 매운 된서리로 모든 열매들의 정체성을 확실하게 드러낼 것이다. 다시 본연의 자리로 돌아와 비움의 아름다움을 만들어가며 비로소 자신의 존재를 드러낼 것이다.

자연의 섭리와 질서를 조금만 눈여겨본다면 하나님의 창조섭리가 얼마나 위대하고 섬세하고 정확한지 감탄하지 않을 수 없다. 나아가 창조주의 섭리대로 순응하는 자연 모든 만물의 절대적인 순종과 기꺼이 최선을 다하는 수고와 애씀이 그렇게 대견하고 아름다울 수가 없다.

보고 느끼며 더불어 사는 삶이 새삼 감사하고 또 감사하다. 오늘도 하루의 아름다운 날을 열어주시고 모든 필요를 채워 주실 주님의 섭리를 기대하며 아직 어둠의 창을 열지 못하고 힘겨워하는 이들과 주님의 은혜와 사랑을 나누고 싶다. 인생의 섭리도 분명한 계절이 있으니까. 여름 땡볕이 여린 열매를 튼실한 알곡으로 다듬어가듯 주님은 인생을 다듬어가시고 이내 그 연단과 시련이 알곡이 되어 빛을 발하게 하실 테니까.

여름의 아픔을 가리우고 아름다운 비워냄의 미학으로 멋진 실루엣을 보여주는 가을처럼 우리의 삶의 자리에도 평안과 행복이 넘실거릴 테니까.

오늘도 세상에 존재하는 모든 분들을 주님의 사랑으로 응원합니다!
God Bless You!

2021년 8월 7일

오늘은 주일예배에 반가운 손님이 왔다. 멀리 일본에서 선교하시는 사모님과 그의 둘째 아들이 온 것이다. 신학교를 졸업하고 몇 년 뒤에 보고 약 13-4년만인 것 같다.

세계에서 가장 우상이 많기로 소문난 복음의 불모지인 일본 땅에서 십수 년 동안 선교하면서 참으로 많이 힘들었을 것이다. 그래서 다들 선교의 사역에 선뜻 뛰어들지 못한다. 미지의 땅으로 가서 개척한다는 것이 결코 쉽지 않은 일이기에.

언젠가 한 번 선교사역 중의 얘기를 하는데 공원에 화초로 심어놓은 식물이 있었는데 그것이 한국에서는 식용으로 쓰는 나물이어서 뜯어다 먹었다는 얘기를 듣고 중보기도 할 때마다 생각이 나서 많이 울었다. 지금은 그 자녀들이 자라 어엿한 청년이 되었다. 대학 생활을 한국에서 하기 위해 방문차 들렀는데 듬직하게 자란 모습이 참 기특하고 대견했다.

예쁘고 씩씩한 신학생이었던 사모님은 어느새 중년이 되었다. 오랜만에 만나 같은 길을 가는 동역자로서 이심전심의 동질감으로 시간 가는 줄 모르고 많은 얘기를 나누었다. 우리 막내가 단기 선교도 가고 일 년의 일본 유학 기간에 동기인 나보다 더 목사님 내외와 친해졌다. 또 목사님과 사모님이 우리 막내를 잘 챙겨줘서 더 고맙고 정이 가는 분들이다. 오래오래 좋은 인연을 이어가고 싶은 분들이다.

중년의 연륜 임에도 초심을 잃지 않고 아직도 때묻지 않은 신앙의 순수함과 풋풋함이 있어 얼마나 좋아 보이고 감사하던지.

문득 그런 생각이 든다.

잘하는 목회, 성공하는 목회는 외형의 크고 작음이나 인지도에 있는 것이 아니라 주님께서 부르신 의도를 알고 그 뜻에 묵묵히 순종하며 주님을 따라가는 것이라고. 그리고 아무리 세월이 흘러도 두렵고 설레는 마음으로 하나님을 하나님 되게 하고 그로 인해 하나님 안에서 내가 되어야 하는 것이라고.

바로 이런 모습을 그 사모님에게서 볼 수 있어서 감사했다. 간간이 눈물을 훔치며 어려웠던 사역을 이야기할 때는 마음이 아프기도 했지만 힘들었던 일들도 씩씩하게 웃으면서 얘기하는 모습이 연단과 시련 속에 다듬어진 신앙의 내공도 엿볼 수 있어서 좋았다. 그래서 더 귀하고 좋은 만남의 시간이었던 것 같다.

아무쪼록 강희와 석희가 주님의 인도하심 가운데 원하는 대학에 들어가서 더 멋진 주님의 자녀들로 다듬어지고 성숙해져서 세상 가운데 다니엘과 요셉 같이 세워지기를 간절히 간구해본다.

2021년 8월 8일

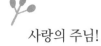

사랑의 주님!

한몸에 붙은 지체인 손가락도 길고 짧듯이 주님께 받은 사명의 크기도 각각 다르겠지요.
숫자적인 기준이 아니라 얼마나 최선을 다하고 주님 뜻에 순종했느냐가 중요하겠지요.

그러나 모든 것을 보여지는 것으로 잣대를 들이대고 판단하는 사람들이 있어 보일 수 없는 수고
의 무게를 가슴에 묻은 채 지금 이 순간에도 스스로를 무능한 자라 여기며 자존감이 무너져가는 수많
은 목회자들이 있습니다.

아무리 몸부림치고 발버둥쳐도 언제나 그 자리 한 영혼 한 영혼에게 쏟아부었던 영혼 사랑의 열
매는 영글기도 전에 떨어져 어디론가 굴러가 버리고 그 허탈함과 좌절감은 내면의 상처들로 깊어졌
습니다.

그래서 우리를 상처 입은 치유자라고 하는 건가요? 수없이 많은 상처를 입었기에 그 경험으로 더
많이 배려하고 이해하고 품을 수 있다고요?

아닙니다.

비워내야 채울 수 있듯이 사명감 하나로 감당하기엔 너무 버거운 짐들을 이제는 내려놓고 비워내고 싶습니다. 그래야 또 채울 수 있으니까요.

사랑의 주님!

지금 이 순간에도 사명이라는 큰 무게에 짓눌려 소리내지도 못하고 주저앉아 영적 외로움과 고독함에 몸부림치는 목회자들을 기억하여 주옵소서. 위로하시고 사랑으로 힘을 주시옵소서.

주님만이 우리의 힘이 되고 위로가 되고 능력이 되고 소망이 되기 때문입니다.

다시 일어설 수 있는 이유가 되기 때문입니다.

2021년 8월 9일

하나님 목전의식을 가지고 산다는 것은 참으로 어려운 일이지만 자기 자신에게 솔직해지고 정직해지면 할 수 있는 것이라고 생각한다. 왜냐하면 사람을 의식하지 않고 오직 하나님의 시선을 의식할 때 그것을 느낄 수 있는 사람은 나 혼자이고 내 마음이기 때문이다.

그러므로 하나님 목전의식을 갖는다는 건 내 자신에게 솔직해지는 것이다. 그리고 내 자신에게 정직해지려고 애쓸 때 비로소 내 허물과 단점이 보이기 시작하고 그것을 인정하면서 돌이킬 수 있게 된다. 바로잡게 되며 더 겸손해지기 위해 노력하게 되는 것이다.

그래서 나는 언제나 성도들에게 하나님 목전의식을 가지고 살라고 권면한다. 그렇다고 율법주의자가 되라는 것이 아니다. 실수도 많고 허물도 많은 우리 자신을 조금씩 조금씩 다듬어 가라는 얘기이다.

사람은 아무도 안 본다고 생각하면 불의해지고 남뿐 아니라 자기 자신도 속이는 자가 될 수도 있다. 다 그런 건 아니지만 사람은 원래 핑계 대고 합리화하고 남에게 잘못을 전가하는데 일가견이 있는데 그것은 인간의 원조인 아담과 하와에게서 쉽게 찾아볼 수 있다.

만약 그들이 하나님이 다 보고 듣고 계시다는 하나님 목전의식을 가졌다면 결코 뱀의 유혹에 넘어가지 않았을 것이고 하나님 앞에 서로의 잘못을 전가하지도 않았을 것이다.

오늘날도 마찬가지다.
왜 그리스도를 따르는 크리스천들이 여전히 죄짓고 허물을 벗어버리지 못하는가?
왜 여전히 이기적이고 배타적이고 인색한 삶을 살아가고 있는가?

왜 입술로는 주님 사랑하고 이웃 사랑한다고 하면서 왜 그 사랑을 삶 속에서 실천하지는 못하는가?

아마도 하나님이 다 보고 계신 것을 육안으로 볼 수 있다면 하나님께 잘 보이기 위해서라도 옥합 몇 개쯤은 그 자리에서 아끼지 않고 깨뜨렸을 것이다.

입으로만 주여 주여 하는 자들은 초대 교회 때나 지금의 교회에나 수없이 많이 널려있다. 야고보 제자는 그런 사람들을 보면서 이렇게 일침을 가했다.

영혼 없는 몸이 죽은 것 같이 행함이 없는 믿음은 죽은 것이니라(약2:26)

무언가 꿈틀거리고 움직이고 자란다는 것은 살아있다는 증거이고 살아있다는 것은 생명이며 생명은 움직이게 되어있다.

이제는 길이요, 진리요, 생명이신 주님을 따르는 기독교엔 진정한 생명으로서의 활발한 움직임과 성장이 있어야 한다. 누구 때문에 무엇 때문에라고 책임을 전가하고 핑계 대고 합리화하는 것은 이제 그만 멈추어야 한다.

지금은 아담과 하와 시대가 아니라 모든 죄악의 짐을 한 몸에 짊어지고 책임지러 오신 초림 예수 시대를 지나 이제 재림 예수 시대이다. 말로만이 아닌 마음으로부터 회개하고 돌이켜 바로잡는 전면적 개혁이 우리에겐 필요하다.

그렇게 하려면 지금이라도 하나님 목전의식을 가지고 정직하고 성실하게 하루 그리고 한 순간을 하나님 보시기에 아름답게 살아내야 한다. 그리고 그 아름다운 신앙은 주님 앞에 서는 그날 참으로 감격스런 칭찬과 면류관으로 보상받게 될 것이다.

God Bless You!

2021년 8월 11일

어제 두부를 사기 위해 잠시 마트에 들렀는데 여름 과일이 지천이었다. 근데 값은 왜 그리도 비싼지.

복숭아를 사려다 너무 비싸서 그냥 마음을 접었다. 나는 과일을 얼마나 좋아하는지 밥과 과일이 있으면 과일을 먼저 먹는다. 그만큼 모든 과일을 좋아하는데 생각지도 않게 교회 청년 호영이가 아주 탐스럽고 먹음직한 황도 한 박스를 샀다고 목사님 집 주소가 어떻게 되느냐고 연락이 왔다.

힘들게 오토바이 타면서 배달 일을 하여 번 돈인데 선뜻 오라고 하기가 그래서 괜찮다고 안 사와도 된다고 했지만 굳이 오겠다는 것을 사양하면 혹여 마음이 다칠까 싶어 오라고 했더니 오토바이를 타고 달려와서 건네주고 또 일하러 가야된다며 가버렸다.

주변에 사는 교회 식구들과 식구 수대로 나누니 한 박스가 금방 반으로 줄어들었다. 귀한 마음, 귀한 과일을 나누고 보니 복숭아가 더 맛있고 감사한 마음이 배로 커지는 것 같다.

호영이 청년은 참 착하다. 이해타산을 따지는 영악스러움보다 베풀고 섬기는 것을 더 좋아하는 순수하고 인정이 많은 청년이다. 마음의 아픔도 있지만 늘 밝고 긍정적인 모습으로 주변 사람부터 챙

긴다. 그런데 요즘 돈 번다고 너무 무리를 했는지 얼굴색이 피곤하고 어두워 보인다. 그래서 조금이라도 피곤함을 덜어주고 싶은 마음에 종합 영양제를 하나 주문했다.

목회자이기 전에 아들 가진 엄마이다보니 또 그냥 지나칠 수 없었다. 호영이 청년이 그 영양제를 먹고 피로하지 않고 얼굴이 밝아졌음 좋겠다. 그리고 다시는 정신적으로 아프지 않고 건강했으면 좋겠고 언제나 긍정적 마인드를 가지고 살았으면 좋겠다.

2021년 8월 19일

요즘 날씨가 불안정하다.

햇빛이 쨍쨍 나다가도 갑자기 먹구름을 몰고 와서 소나기를 쏟아낸다. 절기 따라 정확히 찾아온 가을이 아침, 저녁의 공간을 차지해 버렸고 이제 한낮에만 존재를 과시하며 버텨내는 여름은 아직 할 일이 남았는데 벌써부터 찾아와서 자리를 차지하느냐는 듯 가끔씩 먹구름을 몰고와 예고 없는 소나기를 쏟아내며 심술을 부리고 있는 요즘이다.

산과 들에 열매들도 제법 모양새를 갖춰가고 있다. 지엄하신 조물주의 섭리 아래 겸손히 순응하며 제 몫을 다 해내고있는 중이다. 자연의 세계 속에서 더불어 살고있는 한사람으로서 나아가 하나님을 믿고 섬기는 목회자로서 잠시 내 삶을 돌아보았다.

어느 목사님이 신앙 칼럼난에 이런 말을 남기셨다.

신앙의 신비는 역설 속에서 모습을 드러내지만 신앙의 진실함은 일상 속에서 스스로 입증하지 않으면 안 되는 것이라고. 열 번 백 번 공감하는 대목이다.

자신에게 주어진 신앙의 선상에서 자신이 해야 할 몫을 미루지 말고 하나님께서 계획하신 인생의 섭리 가운데 겸손히 최선을 다한다면 얼마나 아름다운 열매가 가득할까. 또 그 향기는 얼마나 향기롭게 주변 사람들에게 희망을 주고 기쁨이 되겠는가.

　자연 만물은 다 다르고 각각의 개성과 모양으로 존재하지만 다투지도 시기하지도 않는다. 그러면서 더불어 존재한다. 그런 자연 사이로 벌 나비는 날아가서 귓속말로 더불어 사는 지혜와 사랑을 전하고 위로하며 격려한다.

　코로나가 잦아들 때도 되었건만 코로나는 아직도 삶의 한 공간을 차지하고 불안과 절망으로 우리의 마음을 겁박하고 있다. 무심히 흘러가는 세월 속에 모든 자연 만물이 묵묵히 자신의 몫을 해내는 것처럼 이제 우리도 변명과 나약한 소리는 잠재우고 하나님의 뜻대로 살아내고 열매 맺기 위한 몸과 마음의 믿음의 동력, 소망의 동력을 힘껏 가동시켜야 하지 않을까?

2021년 8월 19일-2

사랑과 긍휼이 무한하신 하나님 아버지 감사하고 또 감사합니다.

우리 막내 3주 교육기간 끝나면 본사 발령나게 해주시라고 간절히 기도드렸더니 기각하지 않으시고 응답하시니 감사합니다. 크고 작은 문제가 생길 때마다 이렇게 항상 해결해주시고 문을 열어주시니 감사합니다.

부족한 종의 기도를 단 한 번도 외면하지 않으시고 들어주신 그 사랑과 은혜를 만분의 일이라도 갚지 못하고 감사하다는 말 한마디로 대신합니다. 부족하고 못난 종이오나 감사하다는 그 한마디 속에는 하나님을 얼마나 사랑하는지 마음의 무게가 담겨 있음을 아실 줄 믿기에 "그래, 그거면 됐다."라고 하시는 듯 하나님 아버지의 인자하신 음성이 들리는듯 합니다.

또 제가 요즘 간절히 간구하고 중보하는 기도 제목이 있습니다. 강희, 석희 원서에 쓴 대학 합격하게 하시고, 한나를 위해 기도하는 문제도 해결해주시고, 이 장로 몸이 아파서 받은 검사 이상 없게 나오게 하시고, 정 목사 영육 간에 강건함 주셔서 목회 사역 잘 감당케 하시고, 정 권사 항상 새 힘 주시고 무병장수하게 하시옵소서.

능치 못함이 없으시고 우리의 작은 신음에도 응답하시는 좋으신 하나님 아버지 감사합니다. 기도드릴 수 있어 감사하고 기도드리면 응답하실 걸 알기에 감사합니다. 늘 곁에 계셔서 들어주시고 인도하시니 감사합니다.

부족하고 연약한 중에도 하나님이 함께 하셔서 늘 든든하고 행복합니다.
그리고 사랑합니다~!

2021년 8월 21일

내게
능력 주시는 자
안에서
내가 모든 것을
할 수 있느니라

어제는 내 인생에 있어 처음으로 편안하고 좋은 사람들과 참으로 오랜 시간 이야기를 나눈 거 같다. 약 다섯 시간 가량을 얘기했다. 그런데 지루하지 않고 오히려 그 시간이 짧아 점심만 먹고 저녁 식사도 거른 채 긴 시간을 울고 웃었다.

하나님이 만드시고 계획하신 인생길을 걸어가며 누군들 한두 가지 힘들고 서러웠던 사연이야 왜 없겠는가? 하지만 사명이라는 보이지 않는 마음의 끈이 동아줄보다 더 단단하게 붙잡아 맬 때 어쩔 수 없이 순종하며 나아갔다. 그 길목에서 벌어지는 일들은 상상을 초월했다.

같은 주의 종이거늘 사역 중 주어진 위치와 상황의 힘을 이용하여 불신자보다 더 악하고 파렴치한 짓을 했다는 얘기를 동기 사모님이 하며 서러움에 복받쳐 뜨거운 눈물을 쏟아 낼 때는 듣고 있는 내 마음이 미어지는 줄 알았다. 얼마나 많고 많은 순간들이 아프고 힘들었을까.

이제는 그 여리고 순수한 마음이 지난 날의 모든 아픔은 잊고 하나님이 주시는 좋은 것들로 채워지길 간절히 바라본다.

주님은 이 땅에 오셔서 두 가지 큰 사랑을 부탁하셨다. 하나님 사랑과 이웃 사랑.

하나님께서 당신의 독생자를 이 땅에 보내심은 우리를 사랑하셨기 때문이다. 그런데 그 사랑을 이루시기 위해 하나님도 예수님도 너무 아프고 힘드셨다. 그럼에도 그 사랑을 포기하지 않으셨다. 그 사랑은 구원이 되고 생명이 되고 축복이 되었다.

이제 우리도 말로만 하는 가볍고 위선적인 말장난이 아닌 힘과 소망이 넘치고 생기가 넘치는 진짜 사랑을 해야할 때이다. 언제까지 예수님을 등에 업고 힘없고 연약한 자들을 우롱하고 기만할 것인가?

주님은 이 시간에도 불꽃 같은 시선으로 믿는 자 한 사람 한 사람을 주목하시고 감찰하실 텐데. 그 엄위하신 시선이 무섭지 아니한가 두렵지 아니한가?

믿음의 순수한 자들을 두 번 울리는 삯꾼의 목자들은 부디 이 땅에서 사라지길 바란다. 선한 목자들의 의의 깃발만이 펄럭이며 대장 되신 예수님을 따라가는 순종의 대열만이 차고 넘치고 영원하길~

2021년 8월 27일

오늘은 참 마음이 뿌듯하다.

숙제를 다한 아이처럼 마음이 기쁘다. 무언가 선물을 잔뜩 받은 것처럼 기쁘다.

우리 강희, 석희 위해 날마다 중보하며 드린 간구가 응답받았기 때문이다. 둘 다 K대 합격했다며, 합격 소식 듣고 제일 먼저 전화한다며 황 사모가 기쁨에 울며 전화를 해왔다.

그동안 마음도 졸이고 더구나 오랜 시일을 금식하여 사모님이 많이 힘들었을 것이다. 그러나 하나님께서는 믿음으로 기대하며 의지하는 자를 결코 외면하지 않으신다.

앞으로는 강희와 석희가 고국에서 마음껏 꿈의 나래를 펴고 주님의 사랑과 능력을 등에 업고 비상하기를 간절히 바라본다.

내가 더 들떠서 금요예배 드리는 날인데 더 빨리 와서 또 감사예물을 드리며 기도했다.

눈에 보이지도 않고 손에 잡히지도 않지만 분명 살아 계셔서 우리의 일거수일투족을 감찰하시는 주님. 작은 신음에도 귀 기울이시는 주님. 그런 주님은 당신이 보시기에 가장 합당한 때, 가장 온전한 것으로 주시는 분이시다.

이 은혜와 사랑을 받고 사는 성도들이 이제는 더 진실되고 더 성숙한 모습으로 주님을 삶의 모든 자리에서 만나길 간절히 기도해본다.

주님! 감사합니다. 그리고 사랑합니다!!!

2021년 8월 27일-2

한낮에는 아직도 열기가 가득한 여름이지만 때 아닌 가을비가 주룩주룩 내리고 있다. 며칠을 연이어 내리니 좀 걱정스럽다.

한창 땡볕에 익어야 할 산과 들의 열매들이 떨어지지는 않을까. 탱글탱글 영글어야 될 가을 곡식들이 쭉정이로 남겨질까 염려가 되는 것이다.

농촌 출신이라 그런지 남의 것이지만 들판에 심어놓은 채소와 유실수들이 저마다 열매를 가득 맺어 무겁게 가지를 늘어뜨리고 있으면 왜 그리 대견하고 든든한지 모른다. 직접 농사는 안 해 봤지만 부모님들이 그 땡볕에서 허리가 휘도록 가꾸던 일들이 생각나서 고향을 떠나온 지 오래지만 농사짓는 농촌 풍경은 아직도 기억 속에 생생하게 남아있다.

지금은 부모님 두 분 다 세상을 떠나시고 한 줌 흔적만이 선산에 묻혀있다. 그 영혼은 주님 품에 안겨 낙원 어딘가를 거닐고 계실 것이다. 이순(耳順)을 지나고 있는 길목에서도 가슴을 휘젓는 부모님에 대한 그리움을 삭히느라 참 힘겹다.

유독 부모님에게 애착이 많았던 딸인지라 문득문득 함께했던 순간들이 떠오를 때면 그리움에 속절없이 무너져 내리는 가슴을 안고 두 분의 흔적이 있는 곳을 찾아 달려간다.

또 추석 명절이 다가온다.

우리 어머니는 장준감과 석류를 좋아하셨다. 그러나 살아계실 때 내가 형편이 좋지 않아서 마음껏 못 사드렸다. 그래서 장준감이 익어가는 가을이 오면 난 많이 슬프다. 굵은 석류가 탐스럽게 진열돼있는 시장길을 지나칠 때도 난 시선을 돌려버린다.

그런데 또 가을이 오고 있다. 시장 좌판에 풍성하고 싱싱한 형형색색의 가을 과실들이 자태를 드러내면 또 내 마음은 부모님 생각으로 얼마나 무너져 내릴는지.

목회하느라 다하지 못했던 효를 성도들에게라도 나누고 싶어 이번 추석엔 성도들 주려고 건강식품을 잔뜩 준비했다. 재정적으로 힘들지만 마음 가는 대로 행하며 살고 싶다. 훗날 돌아 볼 때에 지난 나의 삶의 길목이 후회가 아닌 아름다운 향기로 남겨지도록.

비가 내린다. 많은 것이 생각나는 비 내리는 가을 밤이다.

2021년 8월 31일

막내아들이 한 달 전 IT 회사에 취업을 하고 한 달 간의 교육과정을 거쳐 본사에 발령이 났다. 그리고 바로 대전지역으로 한 달간 출장이 있어 이른 새벽에 역으로 바래다주었다. 바래다주고 돌아오는 길에 지나간 일들이 주마등처럼 스쳐 지나간다.

약 18년이 지나고 있는 목회 과정에 옆에서 가장 많이 마음 쓰고 내 편이 돼 주었던 아들이다. 지금도 부교역자처럼 목회 과정에 필요한 일들을 감당하여 큰 힘이 되어주는 아들이다.

지쳐쓰러져 패닉이 왔을 때도 옆에서 지켜보면서 나 못지않게 고통을 겪었던 아들이다. 그러던 어느 날 해외로 일 년만 나갔다 오겠다며 말하기에 힐링의 기회로 생각하고 보내주었더니 일본으로 떠났다.

일 년간 저 혼자의 힘으로 생활비를 충당하며 유학생활을 하면서 일본어를 공부하여 돌아왔다. 취업을 해야 하는데 앞으로 IT 업계가 비전이 있다는 것을 알고 약 두 달간 준비한 다음 시험을 봐서 4년제 전공자도 쉽게 딸 수 없는 자격증을 뚝딱 따고는 제법 큰 회사에 바로 취업을 했다. 이제 막 직장이라는 곳에 새 둥지를 틀고 비상하기 위한 작은 몸짓에 불과하지만 반드시 잘해낼 것이고 끊임없이 성장하여 IT 업계에서 거목으로 자리 잡게 될 것이다.

내 간절한 소원은 내 자식들뿐 아니라 크리스천 청년들이 이 나라 각계 각처에서 다니엘과 요셉 같이 하나님이 주시는 지혜와 총명으로 빛을 발하며 선한 영향력을 행사하기를 바란다. 그래서 개인의 성공으로 끝나는 것이 아니라 나라의 성공과 아울러 하나님 살아계심이 그들을 통해 온전히 드러나길 원한다.

그리하여 가릴 수 없는 하나님의 영광의 빛이 온 세상을 밝게 비추어 온갖 불의를 걷어내고 밝고 행복한 세상을 만들어갔으면 좋겠다.

2021년 9월 1일

어제는 우리 막내가 취업을 해서 첫 급여를 받았다며 용돈 하시라며 봉투를 내밀었다. 그 봉투를 받아드는 순간 만감이 교차했다.

그동안 낳아서 키우고 학교 보내고, 대학 도중 휴학하고, 군대 다녀오고 그리고 졸업하고 일본 유학 다녀오고 취업하기까지 꼬박 29년의 세월이 흘렀다. 막내가 7살에 초등학교에 입학하던 그해 나도 신학교에 입학했다.

그래서 남들 다한다는 치맛바람은 커녕 초등 6년, 중등 3년, 고등 3년까지 딱 두 번 정도 학교에 갔었는데 무관심이라기 보다는 하나님께 기도하면서 학교생활 잘하겠지 하는 믿음을 의지했던 것 같다. 그래도 아들한텐 무관심했다는 서운함으로 남겨질까봐 고등학교 졸업식에는 가봐야지 하고 갔다. 그때 친정어머니 권사님이 며칠 전부터 소화가 잘 안 된다고 하시기에 병원에 입원해서 치료를 받게 해드리려고 병원에 입원할 소지품 준비하고 계시면 졸업식만 보고 금방오겠다고 하고 갔는데 그 사이에 그만 어머니가 혼자 소천하시고 만 것이다.

더 마음이 아픈 건 내가 모처럼 아들 학교에 갔다는 걸 너무도 잘 아신 어머니가 나를 배려하시느라고 사경을 헤매면서도 나한테 연락을 안 하시고 멀리 있는 자식한테 연락을 하니 그 시간에 달려올 수가 없었던 것이다.

자식이 오남매나 되면서도 어느 하나 마지막 임종을 지키지 못했다는 자책감에 나는 삼 년이란 세월을 날마다 성전에 가서 가슴을 쥐어뜯으며 통곡했다.

이런 불효가 어디 있나. 목회 바라지 하시느라 8년이란 세월을 희생하셨는데 그 마지막 가시는 길 하나 지키지 못했다. 밥은 왜 먹어 가지고 병원에 갈 기회를 잃어 돌아가시게 한 내 자신을 용서할 수가 없었다. 이러고도 내가 목회자인가? 내 어머니도 지켜드리지 못한 내가 누굴 선도하고 구원의 길로 인도한다고 지금 목회를 하고 있는가? 가당치도 않아 고통 속에 갈등하는 그 과정은 그야말로 지옥이었다.

기쁨도 소망도 다 잃어버린 채 긴 마음의 방황을 했지만 그래도 살아야 했다. 아이들이 있기 때문에. 내가 그렇게 아파할 때 우리 막내도 힘들고 아팠을 것이다. 자기 졸업식 날 할머니가 그리 속절없이 떠나셨으니까.

그렇게 시간이 흘러 교회를 이전하고 두 주째 되던 주일 아침에 난 쓰러졌다. 몸도 마음도 완전히 소진되어 패닉이 온 것이다. 그 뒤로 내가 세 번을 더 쓰러지면서 우리 막내도 큰 충격으로 인해 너무 힘든 시간을 보내다가 일본 유학길에 올랐다. 다행히 일본에 계신 동기 목사님 내외분이 우리 막내를 많이 챙겨주신 덕에 그래도 믿고 기다릴 수 있었는데 그렇게 유학의 과정을 마치고 돌아와 전공과는 다른 분야를 공부하고 자격증을 취득하고 전망 밝은 회사에 취업을 한 것이다.

그리고 어제 첫 급여를 받았다고 봉투를 내밀며 용돈 하시라고 하는데 지나온 과정들이 주마등처럼 스치며 만감이 교차되어 눈물이 쏟아졌던 것이다.

옛말에 자식은 죽으면 가슴에 묻고 부모가 돌아가시면 산에다 묻는다고 했는데 난 어머니를 내 가슴에 묻었다. 물론 지금은 낙원에 계신 줄 알지만 유달리 산전수전 다 겪으며 고생하신 어머니의 이생에서의 삶이 너무나 불쌍하고 마음이 아파서 아직까지도 가슴에 끌어안고 못 보내 드리고 있는 것이다.

목회자이지만 나도 어쩔 수 없는 사람이기에 어머니와의 인연의 끈을 이 세상을 떠나는 그날까지 놓지 못할 것이다. 지금은 한 줌 재가 되어 선산에 묻혀 계시지만 영혼은 이생에 모든 질고를 다 내려놓고 의고 깨끗한 날개옷 차려입으시고 낙원 어딘가를 거닐며 기도하고 계실 것이다.

어머니, 사랑하는 내 어머니.

사명의 길을 가기 위해 어머니께도 자식들에게도 부족하기만 했던 이 딸자식이 이제 이순에 이르렀고 막내가 29살이 되어 당당하게 사회인이 되어 막 첫걸음을 내디뎠습니다.

어머니, 지난 이생에서의 설움은 다 잊으시고 다시 천성에서의 재회를 위해 기도해주시고 저희 자녀들을 위해서도 기도해주세요. 특히 둘째와 막내가 하나님께 합당한 자들이 되어 세상에서 빛을 발할 수 있도록 기도해주세요.

그리고 이 부족한 딸자식이 목회자로서의 사명 잘 감당하고 주님 앞에 서는 그날 주님께 잘했다 칭찬 받을 수 있도록 기도해주세요.

사랑합니다. 어머니~^^

2021년 9월 5일

여름과 가을의 길목에서 또 비가 내리고 있다.

쓸쓸한 초가을 밤에 타닥타닥 무언가를 때리는 듯 쏟아지는 가을 빗소리가 처량하다. 이제 그만 내려도 되지 않을까. 조석으로 기온차가 제법 심한데 날짐승이나 산허리를 맴돌 크고 작은 야생동물들이 혹여 춥지나 않을까 걱정이 된다.

지혜롭게 바위 밑이나 동굴 같은 곳으로 비를 피해 있으면 좋으련만. 이러다 가을은 간데없고 여름도 가을도 아닌 듯 머물다 갑자기 겨울이 찾아오는 건 아닌지.

분명 필요해서 내리는 비겠지만 이 가을비가 코로나 바이러스를 깨끗이 씻어냈으면 좋겠다는 생각이 든다.

더는 우리의 삶을 위축시키지 말고 멀리, 아주 멀리 흔적도 없이 사라졌으면 하는 간절한 바람이 인다.

주님! 우리의 모든 죄와 허물을 다 용서하시고 부디 맘 놓고 숨쉴 수 있는 환경과 형통의 삶으로 인도하소서. 주 안에서 우리가 다시금 새롭게 꿈틀거리며 꿈을 꾸고 소망으로 차오르게 하옵소서.

힘들고 숨막히는 이 아득한 가을 날에 다시 한번 늦은 비의 은택을 입혀 주셔서 지금 내리는 저 빗줄기가 메마르고 갈급한 심령에 성령의 생기가 되게 하소서. 에스겔 골짜기의 마른뼈가 살아나듯이 살아나게 하옵소서.

주님만이 기약 없고 끝이 보이지 않는 힘겨움의 씨름을 멈출 수 있기 때문입니다. 야훼께 능치 못함이 있겠느냐고 아브라함에게 말씀하셨지요! 그 전능하고 자비로운 야훼 하나님의 은총을 다시 한번 부족하고 연약한 인생들에게도 부어 주시옵소서!!!

2021년 9월 6일

우리 동네는 요즘 도로 공사가 한창이다.

삼 년 전부터 시작한 도로 확장공사는 여기저기 벌여놓고는 마무리도 하지 않은 채 주민들에게 불편을 주니 아마 민원이 빗발쳤을 것이다.

원칙은 주변 인프라가 먼저 조성되고 주택이 들어서는 것이 순서인데 우후죽순으로 건축허가를 내주어서 빼곡히 들어선 빌라와 그곳에 거주하는 사람들의 자동차는 기하급수적으로 늘어간다. 도로는 좁고 설상가상으로 비나 눈이 오면 보행자들은 빗물을 뒤집어쓸 때도 있다.

이제 본격적으로 공사를 한다고 하니 안심은 되지만 언제 공사가 마무리될지 그것 또한 시간이 지나봐야 알 일이다. 그런데 공사하는 걸 가만히 보니 길옆으로 나있던 실개천을 메우고 있었다. 한쪽으로 조그만 도랑을 내고 물길을 열어두고 자연을 보호할 줄 알았는데 그냥 흙으로 실개천을 다 메우는 것을 보면서 적지 않게 실망스럽고 화가 났다,

도로 확장을 계획하고 추구하는 공무원들이 지혜가 부족한 건지 아니면 문명의 이기를 탓해야 하는 건지. 자연보호구역이라고 하면서 그동안 실개천에서 자유롭게 헤엄치며 놀던 송사리떼는 어떡하고, 가끔씩 목을 축이러 내려오던 고라니는 어떡하는가? 자연의 섭리를 따라 살아가며 먹이를 구하러

찾아오던 청둥오리의 생계는 누가 보장할 것인가?

문명의 이기는 많은 것을 매몰시키고 잃게 만든다. 자연도 있는 그대로 보존하고 인간의 실리도 추구하는 일거양득의 지혜가 필요한 시대다. 공무를 수행하는 사람들에게 바라기는 탁상공론이 아닌 발로 뛰면서 자연과 사람, 사람과 사람이 상생(相生)하는 그런 환경을 만들었음 한다.

시간만 지연하고 있다가 발등에 불 떨어지면 얼렁뚱땅 마구잡이 식으로 진행하는 것이 아니라 깊이 생각하고 하나하나 체계적으로 일하길 바란다. 그래서 아름다운 자연환경이 오래 보전되길 바란다.

2021년 9월 11일

오늘 저녁 일곱시쯤 모르는 사람에게서 상담 전화가 왔다. 성남으로 교회를 다니는 남자 집사님인데 이곳 광주지역으로 이사를 와서 저녁기도회를 나오고 싶다는 것이었다.

그런데 요즘 코로나로 인해 어디 마음 놓고 모여 기도할 수 있는 상황인가? 개인적으로 시간을 내서 각자 좋은 시간에 기도하고 있는 실정이다. 그래서 아무 때나 기도할 수 있는 시간에 와서 기도하라 했더니 자신의 힘든 상황을 털어놓는 것이었다.

지금까지 살아오면서 몇 해 동안 큰 수술을 몇 번 받고 힘들다 보니 그 스트레스로 인한 심적인 부담 때문에 불안증이 왔다는 것이다. 불안감 때문에 긴장 하다보니 아는 것도 자꾸 실수를 해서 오래 다닌 직장에서 권고사직을 받고 경제적 사정이 안 좋아 쉴 수도 없어 다른 직장을 구해 들어갔는데 또 자꾸 실수를 해 책망을 듣는다 한다. 자존심이 상할 때마다 기도한다고 했다.

"주님 잘할 수 있게 해주세요. 상사로부터 책망을 듣고 지적을 당할 때마다 오히려 더 잘할 수 있노록 가르쳐주기 위함이라 생각하고 감사할 수 있게 해주세요."라고 기도하며 하루하루 버틴다고 말하는데 어찌나 마음이 아프던지.

왜 요즘은 그렇게 신경 정신과 환자가 늘어나는 것일까?

세브란스 병원에 다니면서 진료를 받고 주기적으로 약을 먹는다면서 힘겨움을 호소하는데 난 그저 환경의 변화와 긍정적 마음, 좋아질 수 있다는 신앙적 방법을 제시할 수 밖에 없었지만 한편으로는 '또 주님께서 중보기도의 숙제를 내주시는구나.'라는 생각이 들었다.

우리 교회 성도는 아니지만 주님의 사랑을 가슴에 품고 불쌍한 영혼을 위해 기도해야 할 것 같다. 이것이 나의 사명이고 직무이기에.

부디 그 집사님이 몸과 마음의 자유를 얻고 남은 생은 참으로 행복하고 감사하며 살기를 바란다. 난 그저 주님의 선한 뜻을 이루는데 사용되는 도구요, 통로이다. 그저 주님의 선한 뜻이 온전히 이루어지길. 그리고 회복과 생명의 역사만이 샘물처럼 솟아나기를.

2021년 9월 12일

어젯밤 꿈에 신학교 다닐 때 임원했던 동기들의 모임이 있다 해서 갔는데 그곳에 조목사님 가족들이 한쪽에 자리잡고 모여 있었다. 그래서 이것이 무얼 의미하는 건가 아침에 생각에 잠겨 있는데 대전으로 출장 가 있는 막내아들한테 문자가 왔다. 조목사님이 소천하셨다고 뉴스에 나왔다고.

잠시 가슴이 먹먹해졌다. 세계 복음화와 대한민국을 복음화하는데 주도적 역할을 했던 기독교계 큰 별이자 선지자였던 목사님이 하나님의 부르심을 받은 것이다. 세월 앞에 장사 없고 이 땅에서의 사명이 끝나면 누구든 이 땅을 떠나야 하는 것이 인생이고 하나님의 철칙이다.

신학교 때 들었던 목사님의 설교 내용이 생각난다.

서대문 천막교회 시절 너무나 가난해서 밥해 먹을 쌀이 없어 굶기를 밥먹듯 할 때 목사님의 자녀들이 죽으면 밥이 되고 싶다고 했단다. 얼마나 배가 고프고 밥이 먹고 싶었으면 그런 말을 했을까 싶었다. 목사님의 설교를 들으면서 참 많이 마음이 아팠다.

그런데 그런 고난의 시절을 견디고 마침내 여의도 벌판에 세계에서 가장 큰 교회를 세우셨다. 물론 하나님이 하셨고 성령님이 하셨다.

그렇지만 하나님의 도구요, 통로로 쓰임 받은 목사님도 대단한 분이다. 평소 지병이 있어 신학교 축제 때 오셔도 후배나 제자들이 정성껏 준비한 음식도 맘 놓고 못 드셨다. 그런 분이 무슨 물질에 큰 욕심이 있으셨겠는가. 금식을 해본 사람이면 다 알겠지만 육신이 비워지면 모든 욕심이 사라진다. 지병 때문에 평소에도 소식을 하시고 주로 두부를 드신다는 얘기를 들었다. 그럼에도 복음의 열정만은 대단하셔서 뇌출혈로 쓰러지시기 전까지는 복음의 사명을 놓지 못하시고 말씀을 전하셨던 것으로 알고 있다.

　나도 목회자의 한 사람으로서 참으로 어려웠던 시절이 있었다. 개척 당시 예기치 못한 일로 인해 지하 열 계단이나 내려가는 곳에서 그야말로 땅두더지 같이 살았다. 아이들이 그토록 좋아하는 통닭 한 마리도 제대로 못 사주고 몇 달에 한 번 사줄까 말까 했다. 그때의 서럽고 힘들었던 때가 자녀들한테 너무나 미안해서 지금은 먹고싶다 하면 웬만하면 직접 해주던지 사주는 편이다.

　그래서 나는 조목사님의 자녀들이 매스컴을 타고 부정적 견해들로 지탄받을 때 조금이나마 조목사님이나 그의 자녀들의 입장을 이해할 수 있었다. 왜냐하면 부모 마음은 똑같기 때문이다. 어렸을 때 부모로서 못해준 것이 있다면 나중에 형편이 나아졌을 때 그 때 못 해준 것들이 보상해주고 싶은 마음이 생기기 때문이다. 그래서 설사 자녀들이 곁길로 나가도 조목사님은 완고하게 막아서지 못했을 수도 있었을 것이다.

　어찌 됐든 그 누구보다도 복음의 사명을 철저하게 감당하고 세계 복음화의 꿈을 안고 복음의 선구자로서의 삶을 살아낸 조목사님의 신앙과 생애를 후배로서 그리고 제자로서 깊이 존경하며 애도하는 바이다.

2021년 9월 15일

추석 연휴 마지막 날이다.

어젯밤에는 갑자기 소나기가 쏟아져서 탐스럽게 차오른 보름달을 볼 수 없었다. 오늘은 기도하고 오는 길에 하늘을 올려다보니 여기저기 수많은 별들이 반짝거린다.

이제 완연한 가을이다.

땡볕이 쏟아지는 한낮에도 긴 소매옷이 그렇게 덥지가 않다. 마지막 기온을 끌어올려 가을 열매들을 맺게 하는 작업이 한창이지만 이내 찬 서리가 찾아올 것이다.

아직은 저만큼 보이는 산자락이 푸르기만 하지만 이내 하나둘 잎을 떨궈낼 것이다. 그래야 나목으로 겨울과 맞설 수 있을 테니까.

시련은 또 하나의 소망을 만들어 내기 위한 과정이다. 그래서 아프다.

가을 단풍을 우리는 아름답다 표현하지만 나무들에게는 또 다른 희망을 만들어 내기 위해 온몸으로 견뎌내는 고통의 몸부림이다.

우리 인생에도 아픔이 많다는 것은 알알이 영글어 가고 있는 가을 열매처럼 귀한 사랑과 믿음의 열매가 익어가고 있다는 증거일 것이다.

2021년 9월 22일

오늘은 유독 어릴 적 기억이 나는 날입니다.

아버지는 농사일로 그저 이른 새벽부터 밤늦게까지 주어진 일에 묵묵히 소처럼 일하시는 분이셨지요. 평생을 남에게 싫은 소리 한 번 안 하시고 그래서 별명이 샌님이었답니다. 반면에 어머니는 남자 성격같이 괄괄하고 자식들을 위해서라면 어떤 일도 가리지 않고 억척스럽게 일하셨지요.

옛날에는 다 그랬습니다. 일모작으로 봄부터 가을까지 일하면 겨울 동안은 쉬고 다시 봄이 되어야만 논밭을 일구어 한해 먹고살 농사일을 시작했더랬지요. 부수입이 전혀 없는 상황에서 어머니는 오남매 자식들을 키우고 입히고 가르치기 위해 머리에 이고 다니며 물건을 파는 행상을 시작하셨지요.

당시 농촌에서는 현금이 귀한 때라 건어물 팔고 그 값으로 된장이나 고추장 그리고 곡식들을 받았지요. 그것을 머리에 이고 그 먼길을 걸어오실 어머니를 생각하면 너무나 마음이 아파서 집에서 마냥 기다릴 수 만은 없었답니다.

그래서 그 칠흑 같이 어둔 수많은 날들을 남포등에 불 밝히고 동생을 데리고 어머니를 마중 갔었던 어느 가을날이었습니다. 한 무더기 피어있던 하얀 코스모스가 사람같이 보여 소스라치게 놀라 뒷걸음질 치다 용기내어 다가가보니 그것은 사람이 아니라 코스모스 꽃무더기였지요.

놀란 가슴을 쓸어내리며 하염없이 걷고 또 걸을 때 드디어 저만큼서 큰 함지박을 이고 오는 어머니를 만났을 때 그 반가움이란 이루 말할 수 없었답니다.

얼마나 무거웠을까요?

삼십리 길도 더 되는 그 먼 거리를 그 무거운 짐을 머리에 이고 365일 하루같이 고생하신 어머니.

봄이면 고사리 꺾고 나물 뜯으러 이 산 저 산을 날쌘돌이처럼 뛰어다니시고 여름이면 버섯따러, 한때는 버찌씨를 일본으로 수출한다 해서 그 버찌씨 따러 다니던 기억도 생생합니다.

자식 중에 유독 인정이 많았던 이 딸은 늘 엄마와 동행했지요.

조금이라도 힘이 되고 싶어서, 고생하는 어머니가 너무 안타깝고 불쌍해서, 희로애락을 함께했던 그 많은 시간은 무심히도 흘러 어느 날 홀연히 어머니는 먼 곳으로 떠나버리셨습니다. 이제는 추억만 남아 옛 기억을 더듬으며 수십 년 전 그 자리를 바람처럼 서성이고 있습니다.

어머니! 그리운 내 어머니!

그렇게 고생만 하시다 가신 어머니.

목회한다고 따뜻한 말 한마디 못해 드리고 좋은 옷 한 벌 제대로 못 사드리고 맛있는 음식도 제대로 못 해드렸습니다. 좋은 곳 한 번 제대로 여행시켜 드린 적 없는 이 불효한 딸자식은 오늘도 가슴만 무너집니다.

잘못했던 기억들은 다 잊으시고 잘했던 일들만 기억해주세요. 그리고 그곳 낙원에서 영원히 영원히 평안하세요~^^

2021년 9월 26일

동물농장이라는 방송에서 수달 가족에 대해서 다루었다.

가정에서 애완동물로 키우나 본데 아기 수달이 우유를 먹고 자라고 있었다. 이제 조금 성장해서 해산물 같은 것을 먹여야 한다는 수의사의 처방에 따라 주인은 해산물을 준비했다.

문어, 연어, 전복 등. 아빠와 엄마 수달은 능숙하게 해산물을 먹는데 아기 수달은 뭐 이런 게 있나 싶은 태도로 무관심하게 피해만 다녔다. 그런데 연어와 문어를 먹고 있던 아빠 수달이 아기 수달에게 전복을 물어다 주는 것이었다.

전복은 사람들이 먹기에도 귀한 해산물인데 가장 맛있고 귀한 것을 아기 수달에게 가져다 주는 것이다.

그러나 아무것도 모르는 천방지축 아기 수달은 전복을 밀어버리고 딴짓만 하고 있었다. 그러자 또다시 아빠 수달이 전복 한 개를 입으로 물어다가 아기 수달에게 가져다주는 것이었다. 아빠의 사랑과 정성을 알았는지 아기 수달은 드디어 전복을 맛있게 먹기 시작했다. 한 편의 애니멀 영화를 보는 듯 했다.

그 순간 그런 생각이 들었다.

하나님께서는 사람에게만 하나님의 사랑을 나눠주신 것이 아니라 말 못하는 미물에게도 나름대로의 양육과 생존에 맞게 사랑을 나눠주셨구나. 하나님의 그 신비한 섭리는 세상 모든 생물체들이 살아낼 수 있는 최고의 양분이요, 존재할 수 있는 동력이 되는 것이다. 그래서 세상에 존재하는 자연만물은 귀하고 아름답다.

사흘 전에 맞은 2차 백신의 후유증이 이제 나타나는지 낮부터 온몸이 나른하고 몸살 기운이 스며드는 게 꼼짝을 못하겠다. 그런데 그냥 누워있기가 그래서 차를 가지고 기도하러 교회로 향했다. 걱정하실 주님을 생각하니 그냥 누워있을 수가 없었다.

한낱 말 못하는 미물도 자기 새끼를 저토록 귀하게 여기며 사랑으로 돌보는데 코로나와 피곤하다는 이유로 좌우를 분별 못하는 영적 자녀들을 사단 마귀의 적지에 방치할 수는 없지않은가.

비가 내린다.

영적 자녀들을 위해 중보하는 나의 기도가 대지를 촉촉하게 적시는 비처럼 주님의 마음을 적시는 향기로운 제사가 되기를 바란다. 그리하여 모든 성도들의 삶에 생명과 사랑이 넘치기를, 또 빛의 사명을 감당하기를.

2021년 9월 28일

오늘은 대전엘 다녀왔다.

처음으로 대덕 연구단지를 돌아보았는데 참 대단하다. 대한민국 브레인의 중심이라고 할 수 있는 곳인데 그중 한 연구소에 우리 막내가 개발자로 한 달간 출장 와서 있다가 오늘 끝나는 날이라 짐을 가져오느라고 다녀온 것이다.

온 김에 대전 엑스포에도 들러보기로 했다. 코로나 때문인지 특별한 행사는 없고 산책 나온 시민들만 삼삼오오 흩어져 한적한 문화시설을 돌아보고 있었다.

그러다 저녁 시간이 되자 호수공원에서 분수 레이져쇼가 시작되었다. 깜짝 이벤트인지 아님 그 시간대 항상 있는 고정된 프로그램인지 모르지만 참 아름답고 신기했다.

그러다가 문득 그런 생각이 들었다.

아름답고 호화로운 쇼를 만드는 원재료와 에너지는 다 하나님께로부터 말미암았지 않은가. 물도 하나님의 것, 사람도 하나님의 것, 사람 속에 있는 모든 지혜도 하나님의 것.

　　하나님의 창조물과 그 창조물의 생각 속에서 다시 한번 창출된 과학은 격세지감도 없이 시대를 뛰어넘어 공존하고 아름다운 작품을 만들어 낸다. 그 사실을 저 분수 레이저쇼를 환호하며 감상하는 서들은 과연 알고 있을런지.

2021년 9월 30일

오늘은 두 곳의 심방예배를 드렸다. 오후엔 전도도 하고 운동도 하려 했는데 하늘이 끄물거리며 간간이 비가 내리는 바람에 전도도 운동도 못했다.

그래서 집에 돌아와 주일 말씀 준비를 하고 저녁 시간이 되어서 또 기도하러 교회로 향했다. 오늘은 특별히 성도들의 영성을 위해 기도하는데 왜 그렇게 안타깝고 마음이 아픈지 이내 가슴 깊은 곳에서부터 올라오는 탄식은 눈물이 되어 흘러내렸다.

너무나 형식적이 되고 날이 갈수록 경건의 능력은 사라지고 모양만 남아 세월을 천연하고 있는 성도들을 보면 날마다 중보기도를 안 할 수가 없다.

며칠 전에도 공원에 전도를 나갔는데 한낮에는 여름 날씨와 방불해서 더위를 피해 아침 일찍 나섰다. 우리 교회 권사님이 주신 곡물 영양과자를 전도지와 함께 담아 공원벤치에 앉아있는 사람들에게 꼭 읽어보시고 예수 믿으시라며 건네주었다.

저만큼 파크 골프장에 많은 무리가 모여 있기에 전도할 생각에 기뻐서 막 뛰어가서 전도지를 나눠주니 그들이 한다는 말, "어느 교회에서 이렇게 일찍 전도를 나왔어요? 여기 있는 사람들 다 권사들인데."

그 말에 어찌나 힘이 쭉 빠지던지. 하나님 앞에 부끄러운 줄도 모르고 어둡고 혼란스러운 이 시기에 주말 아침부터 골프를 치러 나와 전도는 남의 일인 양 말을 한다. 권사라면 나라와 대통령, 위정자들의 정직과 공의를 위해, 코로나의 소멸을 위해, 하나님 나라 확장과 주님의 재림의 첩경을 예비하기 위해, 예배가 온전히 회복되기 위해 기도해야 하거늘.

누구보다도 기도의 용사들이 되어 기도해야 할 교회 중직들이 주말 이른 아침부터 골프장에 나와 골프를 치면서 전도하는 나를 보고 신기한 듯 이른 아침부터 나와 전도한다고 한마디씩 하는데 주님이 맡겨주신 영혼의 양떼를 쉴만한 물가 푸른 초장으로 인도해야 할 책임과 사명을 맡은 주의 종의 한사람으로서 억장이 무너져 내렸다.

나는 발에 무지외반증이 있어서 신도 잘 맞는 것이 없고, 조금만 걸어도 발이 부르튼다. 발가락이 아파서 구두도 제대로 못 신고 발 편한 운동화만 신는다. 그렇게 해도 얼마나 발이 아픈지 그 고통은 이루 말할 수가 없다. 그래도 전도에 대한 욕심과 열정은 쉽게 내려놓지 못한다. 왜냐하면 주님의 지상 명령이고 유언이기 때문에. 나아가 구원받지 못하면 수많은 영혼들이 사망 지옥으로 간다 생각하니 강 건너 불구경하듯 보고 있을 수만은 없는 것이다.

이제 더 늦기 전에 교회가 교회로서의 자존감과 영성을 회복해야 한다. 하나님을 하나님 되게 하고, 교회가 교회답고, 성도가 성도다워져야 할 때이다.

교회마다 찬양과 기도 소리가 담을 넘고, 예배의 영광이 찬란하게 빛나고, 성도들의 영혼 사랑의 열정이 성령의 불과 함께 세상으로 퍼져 나가야 할 때이다.

더 늦기 전에!!!

2021년 10월 4일

요 며칠 계속해서 가을비가 추적추적 내리고 있다.

가을 장마도 아니고 여름에서 가을로 접어드는 환절기에 기온을 잡기 위한 하나님의 과정이리라.

하지만 이제는 비가 그만 와도 될 텐데. 가을의 산과 들에 널려있는 알곡과 과실들이 무르지 않을까, 당도가 떨어지지 않을까 걱정이다. 내가 농사를 짓는 건 아니지만 이른 봄부터 가을까지 농부들의 수고와 땀의 시름을 알기 때문이다.

소비자들이야 돈 내고 사먹음 그만이지만 판매하는 농부들의 수고가 헛되지 않을까, 온전한 상품으로 인정받지 못해 그동안의 희망이 좌절될까 걱정스럽다.

나 역시도 믿음의 결실을 기대하며 요즘 부지런히 복음의 씨앗을 뿌리고 있는데 날마다 추적거리고 비가 내리니 발이 묶인 채 햇살이 아름다운 날만 기다리고 있다.

가을은 비움이 있고 사색이 있어 더 아름다운 계절이다.

자연만물의 열매도 가득 맺었음 좋겠고, 영혼의 열매도 풍성히 맺었음 좋겠다.

2021년 10월 7일

지난 추석에 오랜만에 추억을 더듬으며 토란국을 끓여 봤다.

어렸을 적 시골에서 부모님이 농사를 지으실 때 토란은 추석 명절을 앞두고 판매할 농산물 중에 그래도 꽤나 값나가는 작물이었다. 왜냐하면 추석에는 누구나가 알토란과 소고기를 넣어 국을 끓여 먹었기 때문이다. 그런데 토란을 상품화시키기까지 그 과정이 참 까다롭고 손이 많이 간다.

겉껍질을 벗겨내면 속살이 하얗게 드러나는데 맨손으로 벗기면 손이 가려워서 견디기가 힘들다. 그래서 장갑을 끼고 까야 되는데 그 시절 일회용 비닐장갑이라도 있으면 좋았으련만 그런 것도 없다 보니 맨손으로 껍질을 벗겨내고 나면 얼마나 손이 가렵던지 힘들었던 기억이 지금도 선명하다.

그런데 정작 문제는 다른 데 있었다.

토란 껍질을 벗기고 나면 금방은 하얗고 보기 좋은데 조금 있으면 색이 누렇게 변해서 보기 싫고 상품 가치도 떨어진다. 그래서 생각해낸 방법이 백반을 탄 물에 토란을 담가두는 것이었다. 그러면 토란이 다시 하얘지고 토실토실하게 보기 좋아지는 것이었다. 그렇게 몇 자루씩을 준비해서 도시 도매시장으로 올려보내면 판매한 수익금을 대표로 따라갔던 사람이 가져다준다.

왜 새삼스럽게 토란 이야기를 하는가 하면 명량대첩을 치르고 난 후 이순신 장군이 드신 식사 대용식(代用食)이 바로 삶은 토란이었다 한다. 목숨 걸고 백의종군하고 열세 척의 남은 배를 가지고 죽기를 각오하고 싸웠던 이순신 장군. 그래서 왜적으로부터 나라를 구했던 위대하고 충성스런 조선의 영웅에게 내려졌던 식사는 하얀 쌀밥에 소고깃국도 아니고 산해진미 진수성찬도 아니고 겨우 삶은 토란 한사발이었던 것이다.

그 토란을 먹으면서 장군은 이런 말을 했다고 한다.

"먹을 수 있어서 좋구나."

함축된 그 한마디는 그동안 자신을 라이벌이라 생각한 원균이 씌운 누명으로 인한 억울한 옥살이와 목숨 바쳐 지켜냈던 해전(海戰)의 결실들이 피눈물과 함께 섞여 나온 이순신 장군다운 고백이었을 것이다.

세인들은 말하기를 역사상 가장 전략에 뛰어났던 해군 제독이 이순신 장군이라 한다. 전쟁의 명장이기도 했지만 문무(文武)를 고루 갖춘 그는 난중일기를 통해 위대한 어록도 많이 남겼다.

특히 그가 지었던,

한산섬 달밝은 밤에 수루에 홀로 앉아
큰 칼 옆에 차고 깊은 시름하던 터에
어디선가 일성호가(一聲胡笳)는 남의 애를 끊나니

이 '한산섬 달 밝은 밤에'라는 시조에선 왜란 중 경남 통영 한산도 제승당에 주둔하면서 어찌하든지 나라의 안전과 백성의 생명을 지키고자 했던 장군의 마음을 읽을 수가 있다.

그가 아니었다면 과연 이조(李朝) 오백 년의 역사는 어찌 되었을까.

충신을 몰라보고 간신의 모사에 휘둘렸던 선조의 부족했던 안목이 안타깝지만 어쩌랴 그 때나 지금이나 세상엔 악인이 득세하는 걸.

나라를 위해 대통령과 정치인들을 위해 기도하다 보면 어느새 나도 모르게 애국자가 되어 있다. 그리고 나라를 이끌어 가는 지도자들의 불의와 합당치 못한 자질이 보인다. 누구 하나 책임지는 자도 없고 문제 앞에 모두가 모르쇠로 일관하고 떠넘기기로 모면한다. 그럴 때마다 이 나라의 미래가 어찌 될 지 한심하고 걱정스러워 통탄하게 된다.

후보자일 때는 세상에서 제일 정의롭고 충성스러운 것처럼 오직 국민만을 위하는 것처럼 지키지 못할 공약을 남발하며 읍소한다. 하지만 그 자리에 당선되면 180도로 변해서 개인의 이익만을 위해 질주하고 나라와 국민은 나 몰라라 하니 오호라 통제라!

난세에 영웅이 난다고 했던가?

역병의 창궐함과 경제적 침체는 국민들을 위축시키고 불안에 떨게 만들고 있다. 이제 우리 모두 멀리 내다보는 선견지명의 혜안과 옳게 판단할 수 있는 분별력을 가지고 시대적 부름에 합당한 지도자를 찾아 선출해야 할 것이다.

이가조선(李家朝鮮) 중기 당파 싸움과 왜적의 침입으로 난세였던 그 시대에 이순신이란 영웅이 있어 나라와 국민을 구한 것처럼 지금 이 난세에 이순신 같은 영웅이 어딘가에 예비돼 있기를 하나님께 간절히 기도해본다. 모든 인류 역사는 하나님의 섭리 안에 들어있기 때문이다.

주님! 바라건데 이 마지막 때에 이순신 장군같이 용맹하고 지략이 뛰어난 정치의 용사를 세워 주시옵소서. 또한 함께 연합하여 일할 수 있는 충성되고 성실한 동역자들을 붙여 주셔서 이 나라 이 민족이 왕 같은 제사장의 나라로서의 사명을 감당케 하옵소서.

정사(政事)와 국사(國事)를 논하기 전에 먼저 하나님께 무릎 꿇고 기도하여 지혜를 구하게 하소서. 주님께 능력과 사랑을 구하여 하나님이 주시는 지혜와 사랑으로 이 나라 이 민족을 이끌어나갈 수 있도록 하시옵소서.

그리할 때에 이 나라 이 민족이 정치, 경제, 사회, 문화적으로 안정되고 형통해지는 역사가 일어날 줄 믿습니다!!!

2021년 10월 9일

오늘은 참 바쁘게 보낸 것 같다.

아침 이른 시간부터 공원에 전도를 나갔다. 강희와 같이 갔는데 강희가 워낙 서글서글하다 보니 전도도 잘했다.

그렇게 한가득 가방에 담아 가지고 갔던 전도 용지를 공원을 한 바퀴 돌아 다 돌리고 와서 잠시 쉬고 또 교회로 가서 성도들이 돌릴 전도 용품과 전도지를 포장했다. 손가락이 많이 아팠는데 마음은 뿌듯하다. 주님께서 기뻐하실 일을 했다고 생각하니 어린 아이처럼 마음이 기쁘다.

나는 방에서 전도용품을 포장하는 동안 원희 집사는 밖에서 교회 출입문 새로 보수한 자리에 페인팅을 했다. 꼼꼼하기도 하고 재능도 있어서 부탁했더니 사다리에 올라가 매달려 일하고는 피곤한지 졸고 있다.

정 권사와 원희 집사와 함께 나머지 전도 용품을 마무리하고 기도하고 집에 돌아와 잠자기 위해 누웠는데 온몸에 몸살 기운이 스며든다. 손가락도 마디마디 아프고 쑤신다.

2021년 10월 14일

매년 맞이하는 계절이지만 가을은 늘 새롭게 다가온다.

절제와 비워냄의 미학이 있어서일까?

자연은 스스로 비워냄의 아픔을 안으로 끌어안은 채 고통스러워하지만 우리는 그 아픔의 흔적을 보며 아름답다 말한다.


그래서 가을은 고독하고 쓸쓸하다.

나는 그런 가을을 좋아한다.

가을에 외로워하면서도 말이다.

가을은 남자의 계절이라 했던가.

다 발산하지 않고 절제된 미와 비워냄의 고독이 남자와 닮아서일까?

열매로 그동안의 수고와 애씀을 보여주고 남은 잎새마저 겨울을 견디기 위한 에너지로 응축시킨다. 그 묵묵한 몸부림이 한 가정을 책임지는 가장의 모습과 닮아있다.

그래서 가을은 남자의 계절인가 보다.

2021년 10월 21일

이제 추수감사절까지 한 달여가 남았다.

교회 절기 행사 중 가장 신경 쓰이는 절기가 바로 추수감사절이다.

왜냐하면 주님께 보여 드릴 게 없는 부끄러운 빈손이 될까봐이다. 한해 동안 햇빛과 비를 주시고 바람으로 보듬어주신 주님의 은총에 만분의 일이라도 보답 드리고 싶다.

나 혼자 열심히 전도를 하다 안 되겠다 싶어서 성도들과 매주 주일예배 후 모여서 전도하기로 했다. 지난 주에 코로나 발생 이후 첫 노방전도를 시작했다.

다들 직장을 다니고 일을 해서 시간 내어 모이기가 쉽지 않아 주일예배 드리러 모인 김에 전도를 하는 것이다. 그래서 나는 교회 기도하러 갈 때마다 미리 가서 틈틈이 전도 용품을 준비한다. 전도를 위해 미리 사둔 쌀과자와 사탕을 전도 용지와 함께 포장하는 것이다. 그렇게 하면 보기도 좋고 전도 할 때도 사람들에게 복음을 전하며 건네주는 손길이 덜 미안하다.

한편으로는 그런 생각도 든다.

하나님의 구원의 은혜를 나누고 영원한 생명길로 안내하는 중대 하고 귀한 일을 하는데 꼭 이렇 게까지 해야 하나? 하지만 어쩌랴 세상 사람들은 좌우를 분변 못하던 니느웨 백성들처럼 구원의 가치가 얼마나 크고 귀한 일인가를 아직 알지 못하는 것을. 그들은 이 땅에서의 삶이 전부라고 믿고 있다.

그래서 잠시 구원의 메시지를 전할 수 있는 빌미로 작은 먹거리를 사용하는 것이다. 그런데 전도 용품 준비하는 비용도 만만치 않다. 그래도 내충은 안 되기에 몸에 좋은 과자와 잠시의 피로를 해소 할 수 있는 사탕으로 준비해서 전해준다.

이렇게 나름의 정성된 생각으로 전해주는 걸 세상 사람들이 알아주겠느냐마는 주님이 부활 승천 하시면서 당부하신 지상 명령이요, 유언이기에 우리는 마땅히 받들어 실행해야 하지 않겠는가.

오늘도 기도하러 가면서 덜 준비된 전도 용품을 포장해서 한가득 가방마다 담아놓고 보니 왜 그리 마음이 뿌듯한지. 그 마음 가득 안고 구원의 문, 생명의 문 열어달라 간구하는 기도 소리가 왠지 연기처럼 하늘로 오를 것 같은 기대감에 기도가 더 간절해진다.

주님! 부디 주님을 알지 못하고 주님을 믿지도 않는 저 수많은 영혼들을 불쌍히 여겨 주옵소서! 또한 연약하고 부족한 저희들이지만 전도의 능력과 영혼 사랑의 뜨거운 열정으로 성령의 통로요, 도구 되어 주님의 뜻 이루는데 온전히 사용하여 주시옵소서!

2021년 10월 21일-2

구원과 축복의 소망을 안고 달리는 사랑의 구원열차
여기는 신흥교회 믿음의 공동체입니다.

경기 광주 목현동에 자리하고 있지요.
취향도 다르고 외모도 다르지만
구원을 향한 간절한 소망만은 모두 같지요.

때로는 덜컹덜컹 왁자지껄 소리도 요란하고
때로는 순수한 마음으로 주님 사랑하는 마음을
자신들만의 방법으로 표현하기도 하고

때로는 울기도 하고 웃기도 하면서
서로의 삶을 위로하고 격려하기도 하지만
단 한번도 신흥교회 구원열차는 멈춰본 적이 없답니다.

신흥(新興)이란 이름은 하나님이 친히 지어주신 이름이랍니다.

모든 것이 세상화 되어 가는 이 말세지말에

말씀과 기도로 성령의 능력을 덧입고

영혼 사랑의 뜨거운 열정으로

생명의 복음의 기치(旗幟)를 높이 들고

세상에 나가 빛을 발하라고

주님께서 지어주신 New Rising Church랍니다.

언제까지 달리고 있는 구원열차를

바라만 보고 계실 겁니까?

늦기 전에, 더 늦기 전에 믿음의 손을 높이 들고

스톱(Stop)!을 외치고 탑승하십시오.

이제는 결단할 때입니다.

길이요, 진리요, 생명이신 예수그리스도 앞에 나오십시오.

그분 앞에 당신의 인생을 맡기십시오.


그리할 때

무(無)에서 유(有)로

사망에서 생명으로

참으로 아름답고 신비한

역전(逆轉)의 역사가 일어나게 될 것입니다.


God Bless You!

2021년 10월22일

이제 하나둘씩 물들어가는 가을 단풍이 햇살에 비치어 반짝거린다.

도회지도 아니고 그렇다고 아주 시골도 아닌 곳에 살다 보니 산자락이 그리 멀지 않고 오래전에 터잡고 살고있는 토박이들이 더러 있어 문명의 이기와 고전이 공존하는 곳이다.

채 물들지 않은 얼룩진 사과는 찬 서리를 기다리고 다른 유실수들은 헐벗은 지 오래다. 오가는 길에 언뜻 시선을 돌리면 대추나무에 따다 남은 대추가 달려있고 감도 더러 달려있는 걸 보면 주인장의 마음의 여백을 볼 수 있어 잠시나마 마음이 훈훈해진다. 허나 하나도 남김없이 다 따버리면 주인장의 야박함에 마음이 쓸쓸해진다.

가을 추수를 거두고 얼마씩 남겨두는 건 공존하는 자연만물과의 유대를 위한 작은 배려이고 인간만이 나눌 수 있는 인정이리라.

조금씩 가을이 깊어가고 있다. 물리적인 시간 앞에 순응하며 심리적인 시간을 다룰 수 있는 지혜를 배우며 더 많이 공유하며 비워지는 가을을 채우고 싶다.

2021년 10월 27일

가을이 내려온다.
높은 꼭대기부터 능선을 타고.
며칠 사이에 벌써 산은 울긋불긋 아름다운 채색으로 물들어가고 있다.

한치의 오차도 없이 하나님의 섭리에 따라 묵묵히 순응하는 자연에게서 하나님의 창조의 질서를 다시 한번 깨닫게 된다.

머지않아 세상의 온산이 화려함을 수놓으며 장관을 이룰 것이다. 튼실하게 영글어 늘어진 벼이삭을 보고 사람들은 알곡이 튼실하게 잘 여물었다 말하겠으나, 그렇게 되기까지 농부의 피땀은 얼마나 흘렸으며 벼이삭 또한 얼마나 거센 비바람과 땡볕 더위를 견뎌내었던가.

단풍이 아름다우나 비워냄의 고통의 모습 또한 볼 수 있어야 하리.
그것은 또 겨울이라는 시련을 견뎌낼 준비를 하고 있을 테니 말이다.

회덕동의 산자락은 유난히 아담하고 아름답다. 어쩌다 쌍무지개라도 뜨는 날이면 참으로 장관을 이룬다. 하나님께서 창조 사역을 하실 때 사람만 덩그러니 만들어 놓으셨다면 얼마나 고독하고 삭막

했을까?

　인간의 문화는 아마도 자연에서 유래되어 오랜 세월을 두고 계승돼 왔을 것이다. 식문화라든가, 예술문화, 패션문화까지. 인간이 사고하고 판단할 수 있는 모든 시각적, 청각적, 심미적인 소재는 다 자연으로부터 말미암았을 테니까 말이다.

　유난히 가을의 풍광이 아름다움은 꾸밈없는 자연의 조화 때문이리라.
그리고 그것이 하나님의 섬세하신 손길의 작품이기 때문이리라.

2021년 10월 29일

이제 진짜 겨울이 오려나 보다.

절기상으로도 입동이 지났고 온도 조절을 하기 위해 늦은 가을비가 준비하고 있는 모습이 곧이어 동장군이 들이닥칠 기세다.

저만큼 창밖으로 보이는 밭에 배추는 기습적인 찬 기운에 살짝 기절한 듯 널부러져 있고 고춧잎은 어느새 앙상한 가지만 남았다.

은행잎은 아름다운 컬러로 아픔을 가리우지만 쉴새 없이 쏟아지는 빗줄기에 괴로운 듯 떨며 우수수 잎새를 떨군다.

부디 세상에 존재하는 모든 동식물들이 이 거칠고 매서운 겨울 칼바람을 잘 견뎌내고 엄동 설한에도 죽지 않고 살아남을 지혜를 모으길 바라본다.

언제부터인가 나는 자연이 참 좋다.
애써 가릴 것 없고 숨길 것 없는 순수함이 좋다.

한길 밖에 안 되는 사람 속은 어찌 그리 더러운 욕심과 이기심으로 가득 채워져 있는지. 그래도 부끄러운 줄 모르고 끊임없이 독을 쏟아내며 다른 사람의 마음을 멍들게 하고 병들게 한다.

가끔 사람이 진저리치게 싫을 때가 있다.

나도 크리스천이지만 주님을 믿는다고 하면서 두려운 것도 모르고, 죄라는 것도 모르고 정죄의 촌철살인을 밥먹듯 하는 자들을 보면서 목회자인 것이 회의감이 들 때가 있다. 그래도 참고 또 참는다. 나는 성령의 통로요 도구일 뿐이니까. 짓밟혀도 다시 고개를 들고 일어나는 잡초처럼 그렇게 일어날 것이고 견딜 것이다.

주님이 다 아신다.

주님이 알아주시면 되는 것 아닌가.

요즘 내 의지를 내려놓고 주님만 보기 위해 금식하며 신앙의 뿌리를 더 깊이 내리기 위해 마음을 다잡는 중이다.

2021년 11월 9일

눈이 내린다 첫눈인데 그리 기쁘거나 달갑지 않다.

아직 미처 손길이 닿지 못한 가을 푸성귀들이 밭에 널려있다. 눈보다 다소 약한 찬 서리를 기다리던 늦사과들이 때아닌 눈발에 얼마나 놀랐을까?

농부들의 시름이 깊어지지 않기를 바랄 뿐이다.

이심전심이랄까?

태어난 곳이 시골 농촌이다 보니 어쩔 수 없나보다.

고향을 떠나온 지 어언 40년이 넘다 보니 첫눈이 내리는 것을 보고 설렘보다는 걱정이 앞선다. 제법 무게 있는 인생의 마루턱에서 오늘도 창가에 서서 하염없이 내리는 눈을 마음껏 감상하지 못하고 그저 멍하니 바라보고 있는 것이다.

오늘이 금식 마지막 날이다.

나이도 있고 체력도 있다 보니 한끼 금식도 만만치 않다.

문제만 있으면 그 문제가 누구 것이든 사명감 하나로 끌어안고 몸과 마음을 비워내며 부르짖던 열정도 이젠 마음처럼 쉽지가 않다.

그때마다 주님은 가장 온전한 것으로 가장 정확한 때에 한치의 오차도 없이 은혜의 솔루션을 안겨주셨다. 주의 종은 어쩌면 밥을 먹고 사는 사람이 아니라 주님의 은혜를 먹고 사는 존재라는 생각이 든다.

주의 종은 성도가 말씀 듣고 변화되어 장성한 믿음의 분량에까지 성숙해질 때 만족과 보람을 느끼게 된다. 그러나 세월이 흘러도 육신의 나이만큼 신앙의 성장을 이루지 못하고 초보신앙에 머무르며 타성에 젖어 사는 사람들을 보면 절망과 좌절이 밀려온다. 그럴 때마다 무너져 내리고 눈물로 부르짖던 마음은 이제 나무껍질처럼 메말라 감각 없이 부서져 내린다.

아굴라와 브리스길라 부부처럼, 뵈뵈 집사처럼 그렇게 순수한 믿음으로 주님의 동역자 되어 담임 목회자와 함께 거룩한 부담을 감당해 줄 순 없는지. 세상 사람보다 더 인색하고 더 계산적이고 화인 맞은 양심들을 위해 금식하며 눈물로 간구하는 내내 회의감에 가슴이 무너져 내렸다.

지난 2년 동안 코로나 역병으로 인해 5000곳의 교회가 문을 닫았다고 한다.
진정 코로나 때문일까?

하나님은 살아계셔서 매순간 불꽃 같은 눈동자로 지켜보신다. 문제는 성도라는 사람들이 성도로서의 삶을 살지 않았기 때문이다. 주의 종들은 정부의 비합리적이고 불의한 압력에 굴복하고 세상을 위해서 사랑과 배려의 차원이라고 합리화시키며 예배와 전도의 사명을 내려놓았다.

그러자 믿음 없는 가라지 교인들은 산과 들을 종횡무진하며 골프 치고 운동한다는 명분으로 영성을 내팽개쳤다. 주님을 위해서 사용하는 몇 푼의 돈도 아까워 설교 중 물질 얘기가 나오면 성도들이 욕을 하고 떠난단다.

물론 다 그런 건 아니다.
그저 비가 오나 눈이 오나 죽도록 헌신하는 성도들도 있다. 없는 중에도 찾아서 교회의 필요를 채우는 충성되고 신실한 성도들도 있다.

그런 성도들을 보면 늘 고맙고 대견하고 뭐든지 주고 싶다.
그러니 하나님이 보시기에는 어떠실까?

제발 이제는 성도들이 아니, 성도라고 하는 자들이 정신차리기를 바란다. 나아가 주의 종들이 성도들에게 기복신앙만 가르치지 말고 두렵고 떨리는 마음으로 신앙의 정체성을 똑바로 가르치기를 소원해본다.

목회자 중에 가장 작은 자, 가장 부족한 자가 답답하고 속상해서 속절없이 털어놓는 속내를 선, 후배 동역자님들이 넓은 마음으로 관용을 베풀길 바라며.

첫눈 내리는 겨울의 길목에서.

2021년 11월 10일

다른 사람을 위해 상담하고 케어(Care)하면서 나도 배웁니다.

나도 깨닫게 되고 성장해감을 느낍니다.

목회선상에서 나도 모르는 사이 몸도 마음도 지쳐가다 모든 것이 고갈되어 패닉이 왔을 때 살아 있음을 느끼고 싶어, 무언가 소망의 끈을 잡고 싶어서 몸부림치다가 하나둘씩 사다 놓은 식물들이 있었습니다.

어느 날 무심코 바라보다가 모든 식물이 햇빛을 향해 일제히 고개를 향하고 있음을 보게 되었습니다. 참 신기했습니다.

그리고 깨달았습니다.

성도들은 말이 아닌 행동으로 세상의 빛과 소금의 역할을 해야 한다는 것을, 정복하고 다스리고 번성하고 충만하란 말씀의 진정한 의미를 말입니다.

말 못하는 자연만물도 빛을 향해 고개를 들고 따라가는데 빛이요, 생명이신 예수그리스도를 온전히 바라보지 못하고 세상 것만 추구하며 땅만 보고 사는 인간은 얼마나 무지하고 미련한 존재인지 깨닫게 됩니다.

오, 주여!

우리 성도들과 세상의 모든 성도들이 이제는 본분을 깨닫게 하옵소서. 코로나라는 역병으로 막을 치고 두려움과 나태함으로 합리화시키는 사단 마귀의 계략을 깨닫고 더 늦기 전에 빛이요, 생명이신 주님만을 바라보게 하옵소서.

어쩌면 이 마지막 시대에 시작된 알곡과 가라지를 가려내기 위한 주님의 작업인지 모르겠습니다. 노방 전도에서 만났던 어느 교회 권사님은 6개월 동안이나 코로나 때문에 교회를 안 나갔더니 절기도 모르겠고 주일조차도 까먹고 생활한다 합니다. 자책의 한숨을 내쉬는 것을 보면서 참 안타깝고 마음이 아팠습니다.

어디 그런 사람이 한둘일까요.

코로나 발생과 정부의 제재로 인해 약 2년 동안 전국의 5000곳의 교회가 문을 닫았다고 합니다. 참으로 통탄할 일이 아닐 수 없습니다.

바라건데 이제 우리 모든 크리스천들은 정신차려야 합니다. 기복신앙을 버리고 뱀처럼 지혜롭고, 비둘기같이 순결한 마음으로 첫사랑의 믿음을 회복해야 합니다.

사단 마귀가 쳐놓은 올무에 걸려 영원히 넘어지지 않도록 깨어 기도해야 합니다. 그리고 늦기 전에 복음의 기치(旗幟)를 높이 들고 세상을 향해 나가야 합니다. 빛과 소금의 사명을 감당하기 위해 하나님의 전신갑주로 무장하고 세상을 변화시키는 십자가 군병으로서의 책임과 의무를 다해야 합니다.

그리할 때 주님의 회복의 역사와 소망이 이 땅에 넘쳐나게 될 것이며 평강과 희락으로 날마다 살 만한 세상이 펼쳐지게 될 것입니다.

2021년 11월 17일

오늘은 추수감사주일이라 동기 정성훈 목사님을 초청해서 주님과 함께했던 발자취를 돌아보는 간증을 들었다.

어찌도 그리 기구하고 암울했던 시간들이었는지 듣는 내내 그 힘겨움의 시간들이 고스란히 전해져 그저 아픈 시간이었다. 목울음을 토해내며 지난날을 회상하는 목사님을 보면서 인생무상을 다시 한번 뼈저리게 느끼는 시간이었다.

인생의 허무를 노래했던 솔로몬처럼 단절된 시간의 벽이 생기기 전 주님 앞에 순종하면 좋으련만 인생무상을 깨닫기까지는 끌어안은 것을 놓지 못하니 어찌하면 좋겠는가.

솔로몬도 마찬가지였다.

주님이 주신 지혜로 말미암아 얻게 된 것들을 자신의 것인 양 끌어안고 놓지 못하다 결국엔 죄악의 나락으로 떨어져 죄 가운데 헤맸다. 그 후 인생의 덧없음을 절감하고 탄식하며 독백처럼 되뇌인 말이 "헛되고, 헛되도다." 였던 것이다.

한마디로 주님이 함께 하지 않는 삶은 무의미한 것이다.

주님이 함께 하실 때 만이 인생의 소망을 얻을 수가 있는 것이다.

소망이 넘치는 삶이 될 때 감사가 넘치며, 살아야 하는 진정한 의미와 삶의 소중함을 깨닫게 된다.

2021년 11월 22일

목회를 하다보면 참 여러 가지 일들을 겪게 된다.

주님은 계시록에서 첫사랑을 회복하라고 하셨는데 이는 처음 경외하며 사모하는 마음으로 주님을 섬겼던 초심을 말하는 것이다.

그런데 어느샌가 설레고 긴장하던 첫 마음은 헌신짝 벗어 버리듯 저 멀리 던져 버리고 정죄하고 판단하는 예리한 눈빛과 찌르는 말들로 주의 종의 영권을 위협하고 목회선상에 걸림돌이 되어 평화와 연합을 무너뜨리려 한다.

초심(初心)이란 정말 중요하다.

무엇을 하든지 가장 먼저 선행되고 오래도록 지켜질 때 결과도 아름답게 빛나는 법이다. 교회를 세워나가는데 관심도 없고 인색하며, 말은 속사포처럼 쏟아내 찌르고 판단하는 사람들을 보면 참 마음이 아프고 한없이 무너진다.

주님을 믿는 신앙의 근본이 사랑이고 나눔이다. 그리고 화목이다.

어디서 철새처럼 오가며 정착 없이 떠돌다가 말씀과 기도, 땀과 눈물로 세워진 주님의 사랑의 공간을 감히 허물려고 장난질을 하는가. 하나님 무서운 줄 모르고 부메랑 되어 나아올 수 있는 말의 권세를 함부로 사용하려 하는가.

　　오직 복음 전파와 영혼 사랑의 소명 하나로 달려온 목회선상에서 사단 마귀의 도구로 사용되고 있는 어리석은 영혼으로 인해 내 사명이 무너지랴마는 20년이 다 돼가는 목회 사명의 뒤안길에서 참 많은 생각이 든다.

2021년 11월 29일

우리는 살아가면서 순간순간 감사를 잊고 사는 것 같다.

감사는 삶의 활력소이고, 더 많은 감사 거리를 퍼올릴 수 있는 한 바가지의 마중물이다.

감사를 잃으면 교만해지고 사나워진다. 얼굴 표정이 굳어진다.

웃는 얼굴에 침 못 뱉는다는 말도 있듯이 어떤 상황에서든지 부드러운 말씨와 온화한 표정은 상대를 무장해제시키고 좋은 상황으로 반전시켜 나갈 수 있는 여지를 얻게 해준다.

성도뿐만 아니라 세상 사람들도 범사에 감사하며 사는 사람들을 보면 마음이 선하고 주변에 사람도 많다. 그런데 주님을 믿는 성도들이 늘 인상을 쓰고 무언가 불만이 가득 찬 표정으로 다니는 걸 보면 보는 사람도 기분이 상하고 시선을 돌리게 된다.

감사는 주님을 믿는 기본 태도이다. 왜냐하면 주님의 십자가의 은혜를 아는 자라면 범사에 감사하지 않을 수 없고 그 은혜를 다른 사람들과 나누고 싶어지기 때문이다.

그런데 세상 사람보다 더 굳은 표정으로 눈빛도 날카롭고 음성도 사납다면 그는 주님을 믿는 자가 아니라 바로 사단 마귀를 섬기는 자일 것이다.

주님은 오늘도 말씀하신다.

아무것도 염려 하지 말고 오직 모든 일에 기도와 간구로 너희 구할 것을 감사함으로 하나님께 아뢰라 그리하면 모든 지각에 뛰어난 하나님의 평강이 그리스도 예수 안에서 너희 마음과 생각을 지키시리라(빌4:6-7)

코로나 발생으로 어두워지고 무거워진 세상과 교회에서 이제는 감사로 어둠의 커튼을 걷어내자. 축복의 밝은 햇살을 듬뿍 받아들이자.

주님을 믿는 모든 성도들에게 God Bless You♡♡♡

2021년 12월 2일

어제는 참 어이없고 황당한 일이 있었다.

매주 교회에서 전도지를 돌리는데 어떤 사람이 전도지 보고 연락드렸다면서 목사님을 좀 뵙고 싶다 한다. 나는 '아~잃어버린 영혼 한사람 되찾나 보다.' 생각하고 약속시간보다 일찍 교회로 가서 난로를 켜 공기를 따뜻하게 데펴놓았다. 그렇게 기대하며 맞이할 준비를 하는데 웬걸 이단 사이비가 들어와 나를 상대로 포교를 하는 것이었다.

참 어이없고 무례했다.

감히 담임목사를 상대로 교회까지 들어와서 이단 사설로 포교를 하다니.

그래서 당신들이 추구하는 것과 우리가 추구하는 진리는 근본부터 다르니 당신들이나 많이 믿으라고. 그리고 앞으로 성도인 척 속이고 접근하면 신고할 거니까 다시는 이런 짓 하지 말라 하며 내쫓아버렸다.

기존 기독교 교회들을 뭘로 알고 감히 목사들을 상대로 포교하려 하다니 무식하면 용감하다고 이단 사설을 늘어놓는데 너무 어처구니가 없어 내쫓아버렸지만 그 열정과 대담함만큼은 교회 성도들이 배워야 하지 않을까 싶은 생각도 들었다.

정신 차려야 할 때다.

이젠 성도들로는 부족해서 기존 교회들을 무너뜨리고자 목회자를 타겟으로 삼고 접근하고 있다. 길이요, 진리요, 생명이신 예수 그리스도의 십자가의 보혈로 교회 인방 문설주마다 인을 쳐야 한다. 하나님의 전신갑주로 무장하고 내 교회, 내 가정, 내 직장, 내 사업장, 내 나라를 믿음으로 지켜나가야 할 때이다. 코로나로 무너지고 무뎌진 믿음을 말씀과 기도와 성령의 능력으로 바로 세우고 주님의 재림의 첩경을 예비해야 한다.

그 어느 때보다 믿음의 용사들이 필요한 때이다. 영적 분별력과 경건의 능력으로 일어나야 한다.

예배가 살아있고, 기도가 살아있고, 말씀이 살아있고, 찬양이 살아있고, 헌신, 봉사, 충성, 사랑이 살아있는 교회를 만들어 가야 한다. 세상 그 무엇보다 두렵고 무서운 것은 세상도 사단 마귀 그리고 코로나도 아니다. 바로 살아계신 하나님이시다.

그 엄위하시고 위대하신 하나님 앞에서 성도가 하나님의 자녀의 역할을 다하며 살아갈 때 그것이 빛이 되고 소금 되어 세상이 밝아지고 진리가 살아있게 될 것이다. 그리고 정의와 사랑, 평화가 살아 있는 생명이 넘치는 아름다운 세상이 될 것이다.

진리를 알지니 진리가 너희를 자유케 하리라(요8:32)

2021년 12월 2일-2

절기상 대설(大雪)이 엊그제 지났는데 눈은 오지 않았다. 어쩌면 다행인지도 모르겠다. 눈이 오면 동식물들이 많이 움츠리고 힘겨워할 것이고 어려운 이웃들도 추운 겨울을 견뎌내기 힘들 테니 말이다.

정 권사님이 허리가 아프다고 정형외과에 진료받는다고 해서 동행했는데 들어간 지 한 시간이 다 되도록 기다려도 안 나와서 병원 입구 쪽만 바라보고 있었다. 그때 연세 드신 할머니 한 분이 진료받고 나오시는지 지나가는데 보니까 옷차림이 너무 허술해 보였다. 얇은 홑겹 점퍼를 입으셨는데 얼마나 추우실까 싶어 내가 입은 옷이라도 벗어주려고 보니 아무리 생각해도 체격상 차이가 나서 안 맞을 것 같았다.

아무것도 해줄 수 없어 그저 차 안에 앉아 바라보는데 마음이 아팠다. 하늘을 올려다보니 끄물끄물 회색빛 무거운 그림자가 드리워져 무언가 쏟아낼 것만 같았다. 유난히 눈을 좋아하지만 자연의 운치보다 현실을 걱정해야 되는 염려로 마음껏 좋아할 수도 없게 되었다. 왜냐하면 눈이 오면 길이 미끄러워 자동차 사고가 빈번히 발생하기 때문이다.

올해는 많이 춥지 않았으면 좋겠고 삶이 힘겨워 가슴 시린 이웃들이 많이 없었으면 좋겠다. 나눔의 따뜻함이 풍성해지는 겨울이었음 좋겠다.

2021년 12월 10일

시간이 지날수록 문득 그리워지는 사람들이 있다.

요즘 생각나는 사람들은 약 25년 전 평신도 사역자로 일하던 때 구역 식구들이다. 그중에 박 구역장과 장 구역장이 있었는데 얼마나들 열심히 신앙생활을 하는지 하나님의 기적을 종종 목도하며 참 생기있고 은혜 넘치는 지역이었던 것 같다.

지역장으로 사역하던 내가 신학을 간다 하니 울면서 우리는 어떡하냐며 지역장님이 신학을 가시면 우리 지역은 누가 돌보냐며 눈물짓던 장 구역장은 그 후로도 아이를 더 낳아 네 명이라 했던가. 뭘 해도 당차고 야물딱지게 해내며 아이넷을 낳아 키우던 장 구역장은 나중에 들리는 소문에 의하면 평신도 선교사로 해외 선교를 몇 번이나 다녀왔다 들었다. 참 억척스럽고 신실한 믿음의 용사가 아닐 수 없다. 시간이 지날수록 꼭 한번 만나고 싶은 기특하고 대견한 믿음의 지기이다.

그런가 하면 박 구역장이라고 미용 기술을 가지고 있던 그리운 사람이 있다. 내가 신학 2학년쯤 되었을 때 언제 개척하실 거냐고 지역장님이 개척하면 와서 열심히 전도하며 일하고 싶다 했던 사람. 그런데 그 이후 소식이 끊겨 어디서 무얼 하는지 알 수가 없다. 얼굴도 예쁘게 생겼었는데. 개구진 아들 둘을 키우며 열심히 신앙생활하던 참 예쁜 구역장이었는데 지금은 어디서 무얼하는지. 애들도 이젠 다 컸을테고 아름다운 중년이 되었을테지.

　　새침데기처럼 누구에게도 곁을 안 주던 최 집사는 지금쯤 뭘 하고 있으려나. 유방암에 걸려 수술 받고 임파선 절개로 인해 힘들어하며 기도해달라 간청하기에 신학을 하며 바쁜 와중에도 지하철을 타고 달려가 기도해주자 돌덩이같이 무겁던 팔이 순식간에 무언가 빠져나가는 느낌이 들며 가벼워 졌다고 이제는 살 것 같다던 최 집사는 지금은 건강하게 잘 지내고 있는지.

　　모두 모두 궁금하고 그리워진다.
　　부디 첫사랑의 믿음, 신앙의 초심을 잃지 않고 끝까지 주님과 동행하기를.
　　그리고 영혼이 잘 됨 같이 범사가 잘되고 강건하기를.

2021년 12월 17일

첫눈인 듯 아닌 듯 11월에 조금 살포시 내리는가 싶더니 오랜만에 눈다운 눈이 펑펑 쏟아져 내렸다. 하지만 그 아름다운 광경을 감상하기도 전에 미끄러운 도로를 걱정해야 하는 문제에 직면하게 되었다. 약간 경사가 있는 곳에 집이 있다보니 경사진 도로를 몇 바퀴는 굴러야 주차장에 진입할 수 있는데 미끄러운 눈 때문에 바퀴가 공회전을 하며 뒤로 미끄러진다.

이제는 문명의 이기가 자연의 운치도 마냥 감상할 수 없게 만들어 버렸다. 그래도 오직 겨울에만 볼 수 있는 아름다운 광경이어서 대충 눈을 털고 들어와 창문을 열고 보니 하염없이 쏟아지는 눈송이가 어릴 때 자주 불렀던 동요의 가사처럼 하늘에서 선녀님들이 뿌려주는 떡가루 같았다.

과학적 현상으로는 대륙의 고기압 현상으로 한파가 몰아치며 폭설이 내렸다고 하지만 성경적 표현은 하나님께서 눈 보고 땅에 내리라 명령하시매 내린다는 것(욥37:6)이다. 그러므로 문명의 이기는 사람들의 욕심에서 빚어진 결과물이고 눈은 하나님이 내려주시는 하늘의 선물인 것이다.

그 옛날 산골 마을에 살 때 문명이라고는 구경도 못하던 그 시절에는 그저 순수한 마음에 발이 시려운 줄도 모르고 고무신을 신고 뽀드득 뽀드득 소리를 내며 바둑이와 뛰어다녔던 기억이 아련히 떠오른다.

　이유 모를 그 설렘은 눈이 가져다준 순수한 선물이리라. 옛날 생각을 하며 창밖을 내다보는데 어느새 삼삼오오 모인 주변 사람들이 넓적한 나무삽과 사납게 생긴 긴 빗자루를 가지고 나와 무자비하게 눈을 몰아내고 있었다. 거칠게 뿌려놓은 염화칼슘은 눈이 땅에 내려앉는 즉시 형체도 없이 사라지게 만들었다.

　겨울은 또 새로운 희망을 잉태하기 위한 시련의 과정이다. 풀무가 은을 연단하고 시련하듯 매서운 폭풍 한설은 살아있는 생명체들에게 더 씩씩하게 살아내라고, 견디고 버텨서 더 단단해지라고 재촉하는 또 다른 희망을 만들어가는 계절이다.

　그래서 겨울을 잘 견디고 버텨낸 모든 생명체들은 봄이 채 오기도 전에 저장하고 잉태했던 그 힘을 뽐내며 생동한다. 우리의 삶에 자리에도 끊임없이 치대며 힘들게 했던 코로나 바이러스가 긴꼬리를 드리우고 자꾸만 다른 모습으로 서성이며 떠나기를 주저한다. 하지만 폭풍 한설도 봄이란 소망 앞에 속절없이 무너지듯 코로나 바이러스도 머지않아 하나님의 명령하에 흔적도 없이 사라지게 될 것이다.

　사람은 소망을 위해 인내하고 그 소망은 하나님이 예비하시기 때문이다.

2021년 12월 18일

또 한 해가 저물어 갑니다.

그야말로 화살같이 빠르게 날아가는 시간에 뒤를 돌아보니 만족보다는 후회가 더 큰 그림자로 다가오는 것을 보면서 이내 고개를 돌리게 됩니다.

날 계수하는 지혜를 달라던 어느 믿음의 선진처럼 참으로 날 계수하는 지혜가 필요한 나이란 생각이 듭니다. 60을 넘어 듣는 귀도 순해지고 마음도 여유로워져서 다시 다가오는 일년은 색다르게 살아보고 싶습니다.

더 여유로운 마음을 가지고 세상을 밝히 보는 혜안을 가지고 싶습니다. 그렇게 더 많은 사람들과 하나님의 사랑을 나누고 싶고 더 많은 사람들에게 예수님의 사랑을 이야기하고 싶습니다. 파도에 휩쓸려가는 풀무더기처럼 그렇게 무참히 세상 파도에 휩쓸리는 영혼들에게 영원한 생명의 노래를 들려주고 싶습니다.

너무 멀리 소풍을 떠나는 사람들에게 너무 멀리 가지 말라고 돌아오는 길이 너무 힘들어 길을 잃어버릴지 모른다고 길을 가로막고 서서 말리고 싶은데 그러기가 쉽지 않습니다. 노아의 때처럼 그저 오늘만 살 것처럼 불나비가 불 가운데 뛰어들 듯 사람들은 세상의 화려한 불꽃 속으로 뛰어 들어갑니다.

한 해를 마무리하는 길목에서 이름 없는 한 목회자가 믿음의 선상에서 실족하는 수많은 영혼들을 보면서 안타까운 마음에 구원의 노래를 불러봅니다.

2021년 12월 26일

한 해를 마무리하며 작은 목장을 경영하면서 그동안 열심히 목장을 가꾸며 함께 했던 믿음의 동역자요, 십자가 군병들인 성도들에게 수고했다고 따뜻하게 손잡아주며 격려해주고 위로해주고 싶습니다.

결코 짧지 않은 세월을 함께 하며 울고 웃었던 우리 재직들.

장로님, 권사님, 안수집사님, 그리고 구역장, 청년부. 우리 신흥교회 목장에서 섬김과 헌신, 충성이라는 아름다운 타이틀을 목에 걸고 믿음의 경주를 함께 해준 것에 대해 참 고맙고 감사하다는 말을 지면(紙面)을 빌어 전하고 싶습니다.

특히 아이셋을 키우며 오직 주님만 바라보며 따라주었던 가은이 엄마, 장 집사님의 성장해가는 믿음의 모습이 참 대견하고 기특합니다. 주님이 보시기에도 얼마나 대견하고 보기 좋으실까요.

하나님께 지음 받은 인간은 모름지기 하나님이 기뻐하시는 삶을 사는 것이 가장 복된 삶이 아닐까 생각합니다. 그렇게 주님께서 기뻐하시는 삶을 살고자 애쓰고 힘쓸 때 주님께서는 크고 놀라운 축복으로 가은이네 가정을 인도하셨지요.

성도들의 미숙하고 연약했던 신앙이 조금씩 성장해가면서 반석같이 다듬어질 때 그것이 목회자의 보람이고 기쁨입니다. 그렇게 가은이네는 앞으로도 주님 안에서 행복하고 복되고 형통한 삶을 이루어 갈 것입니다.

그런가하면 이순을 넘긴 연세에도 언제나 유치원생처럼 겸손하게 배꼽인사를 하며 주의 종을 섬기고자 늘 애쓰는 안 집사님이 계십니다. 혼자 사셔서 이것저것 지원 물품이 들어오면 뭐 하나라도 주의 종 섬긴다고 가져오시는 걸 보면 참 감사하고 미안해 희비가 엇갈립니다. 혹여 내가 잊는다해도 주님께서 기억하셔서 좋은 것으로 채워주셨으면 좋겠습니다.

연세가 칠순이 넘어 팔순을 향해가는 이 장로님은 갈렙 같이 열정이 넘쳐 전도도 열심히 하시고 청년들이 많이 부르는 찬양을 열심히 배워서 부르려고 하십니다. 그 도전정신이 얼마나 멋지게 보이는지요.

일본에서 돌아와 예배시간마다 다이나믹하게 드럼을 연주하는 강희의 모습은 다섯 살 소녀 소율이의 마음도 흔들었답니다.

작아도 살아있는 교회를 만들어가고자 애쓰는 우리 신흥교회 공동체가 작은 보폭이지만 그렇게 주님 나라를 향해 서로 믿음의 손 잡고 쉬지 않고 나아갈 것을 믿습니다. 주님 우리 신흥교회를 마음껏 축복해 주시고 사용해 주시옵소서!

하나님 나라와 그 영광을 위해!!!

2021년 12월 27일

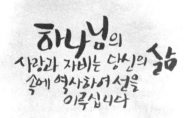